A CINCO PASSOS DE VOCÊ

Rachael Lippincott

com Mikki Daughtry e Tobias Iaconis

A CINCO PASSOS DE VOCÊ

Rachael Lippincott

com Mikki Daughtry e Tobias Iaconis

Tradução
Amanda Moura

Copyright do texto © 2018 by CBS Films, Inc
Copyright da ilustração da capa © 2018 by Lisa Perrin
Copyright da tradução © 2019 by Editora Globo S.A.

Todos os direitos reservados. Nenhuma parte desta edição pode ser utilizada ou reproduzida — em qualquer meio ou forma, seja mecânico ou eletrônico, fotocópia, gravação etc. — nem apropriada ou estocada em sistema de banco de dados sem a expressa autorização da editora.

Brazilian Portuguese language copyright ©2019 by Editora Globo S.A.
Original English language copyright ©2018 by CBS Films, Inc.
Published by arrangement with Simon & Schuster Books For Young Readers, An imprint of Simon & Schuster Children's Publishing Division

All rights reserved. No part of this book may be reproduced or transmitted in any form or by any means, electronic or mechanical, including photocopying, recording or by any information storage and retrieval system, without permission in writing from the Publisher.

Título original: *Five Feet Apart*

Editora responsável **Veronica Armiliato Gonzalez**
Assistente editorial **Júlia Ribeiro**
Diagramação **Douglas Kenji Watanabe**
Projeto gráfico original **Laboratório Secreto**
Revisão **Daniel Austie**
Design da capa **Lizzy Bromley**
Adaptação de capa **Gabriel Gonzalez**

Texto fixado conforme as regras do Acordo Ortográfico da Língua Portuguesa (Decreto Legislativo nº 54, de 1995).

CIP-BRASIL. CATALOGAÇÃO NA FONTE
SINDICATO NACIONAL DOS EDITORES DE LIVROS, RJ

L743c
    Lippincott, Rachael
        A cinco passos de você / Rachael Lippincott, com Mikki Daughtry e Tobias Iaconis ; tradução Amanda Moura. - 1. ed. - São Paulo : Globo Alt, 2019.
        288 p. ; 21 cm.

        Tradução de: Five feet apart
        ISBN 978-85-250-6742-5

        1. Romance americano. I. Daughtry, Mikki. II. Iaconis, Tobias. III. Moura, Amanda. IV. Título.

18-54534
        CDD: 813
        CDU: 82-31(73)

1ª edição, 2019 – 25ª reimpressão, 2025

Direitos de edição em língua portuguesa para o Brasil adquiridos por Editora Globo S.A.
R. Marquês de Pombal, 25
20.230-240 — Rio de Janeiro — RJ — Brasil
www.globolivros.com.br

Para Alyson
R.L.

Dedicamos este livro e o filme a todos os pacientes, famílias, corpo médico e pessoas amadas que travam todos os dias, bravamente, a batalha contra a fibrose cística. Esperamos que a história de Stella e Will ajude a tornar essa doença mais conhecida e, quem sabe um dia, a encontrar a cura.

M.D. e T.I.

capítulo 1
STELLA

Passo meus dedos pelo contorno do desenho da minha irmã, pulmões feitos a partir de um mar de flores. Pétalas florescem de cada extremidade em uma explosão de rosa-claro, branco e um azul mesclado, mas, de alguma forma, cada uma tem uma singularidade, uma vibração que indica que florescerá para sempre. Algumas nem floresceram ainda, mas consigo sentir a promessa de vida pulsando dentro de cada um dos pequenos botões, esperando para se desdobrar sob o peso do meu dedo. Essas são as minhas favoritas.

Eu me pergunto, com bastante frequência, como deve ser ter pulmões tão saudáveis. Tão *vivos*. Respiro fundo, sentindo o ar entrando e saindo do meu corpo com dificuldade.

Ao percorrer a última pétala da última flor, minha mão desce pelo desenho, meus dedos traçando o céu estrelado e cada pontinho de luz que Abby fez na tentativa de capturar o infinito. Eu tusso, afastando a mão, e me inclino para pegar uma foto de nós duas na cabeceira da cama. Sorrisos idênticos aparecem por trás dos grossos cachecóis de lã, as luzes de Natal do parque no fim da rua cintilando sobre nossas cabeças como as estrelas do desenho.

Havia algo mágico lá. O brilho sutil das lâmpadas dos postes, a neve agarrada aos galhos das árvores, a quietude e o silêncio de todo o cenário. Nós quase congelamos para tirar aquela foto ano passado, mas era a nossa tradição. Abby e eu, enfrentando o frio para ver as luzes de Natal juntas.

Essa foto sempre me faz lembrar daquela sensação. A sensação de embarcar numa aventura com a minha irmã, só nós duas, o mundo se expandindo à nossa frente como um livro aberto.

Pego uma tachinha e penduro a foto ao lado do desenho antes de me sentar na cama e pegar meu bloquinho e lápis da mesa de cabeceira. Meus olhos percorrem a longa lista de tarefas que fiz para mim mesma hoje de manhã, começando com: 1: *planejar uma lista de tarefas* – o que já risquei com satisfação –, e terminando com 22: *contemplar a vida após a morte*.

É possível que o número 22 seja um pouco ambicioso para uma tarde de sexta-feira, mas pelo menos agora posso riscar o 17: *decorar as paredes*. Passei a manhã inteira tentando deixar esse quarto vazio com a minha cara, e agora, olhando ao redor, observo as paredes cheias de desenhos que Abby me deu ao longo dos anos – pontos de cor e vida pulando de paredes brancas insossas –, cada um deles fruto de uma ida diferente ao hospital: eu com o soro intravenoso no braço, a bolsa cheia de borboletas de diferentes formatos, cores e tamanhos; eu com uma cânula de oxigênio no nariz, o tubo se retorcendo para formar o sinal do infinito; eu com um nebulizador, o vapor formando uma auréola nebulosa. E há também o mais delicado: um tornado de estrelas que ela desenhou na primeira vez que vim para cá.

Não é tão sofisticado quanto seus trabalhos posteriores, mas, por algum motivo, isso me faz gostar ainda mais dele.

E logo abaixo de toda essa vida está... o meu amontoado de aparelhos médicos, bem ao lado de uma daquelas típicas poltronas verdes de hospital, feita de um couro sintético horrível, marca registrada de todos os quartos do St. Grace. Olho com receio para a bolsa de soro vazia, ciente de que a primeira das muitas rodadas de antibióticos do próximo mês está a exatamente uma hora e nove minutos de distância. Sorte a minha.

— *É aqui* — uma voz exclama do lado de fora do meu quarto. Levanto a cabeça para olhar quando a porta se abre lentamente e dois rostos familiares aparecem na fresta. Nos últimos dez anos, Camila e Mya já me visitaram aqui um milhão de vezes, e, ainda assim, nunca conseguem fazer o percurso da recepção até meu quarto sem pararem para pedir informações para todas as pessoas do prédio.

— Quarto errado — digo, sorrindo ao ver o alívio no rosto das duas.

Mya ri, abrindo a porta por completo.

— Poderia ser mesmo. Esse lugar ainda é um maldito labirinto.

— Vocês estão animadas? — pergunto, ficando de pé em um salto para abraçá-las.

Camila se afasta para me olhar com um biquinho, seu cabelo castanho-escuro acompanhando sua expressão cabisbaixa.

— Segunda viagem seguida sem você.

É verdade. Essa não é a primeira vez que a fibrose cística me faz perder uma excursão, férias ensolaradas ou um evento escolar. Em mais ou menos setenta por cento do tempo, levo uma vida bem normal. Vou para a escola, saio com Camila e

Mya e trabalho no meu aplicativo. Só faço tudo isso com uma baixa capacidade pulmonar. Mas nos outros trinta por cento, a fibrose cística controla a minha vida. O que significa que, quando preciso voltar ao hospital para uma revisão, perco coisas como uma excursão para um museu de arte ou, como agora, a nossa viagem de formatura para Cabo San Lucas.

Essa revisão em particular tem a ver com o fato de que eu preciso de doses cavalares de antibióticos para finalmente me livrar de uma dor de garganta e febre que não passam nunca.

Isso e o fato de que minha capacidade pulmonar está despencando.

Mya se joga na cama, soltando um suspiro dramático ao se deitar.

— São só duas semanas. Tem certeza que você não pode ir? É nossa *viagem de formatura*, Stella!

— Certeza absoluta — digo com firmeza, e elas veem que estou falando sério. Somos amigas desde o Ensino Fundamental, e elas sabem a essa altura que, quando se trata de planos, minha FC é quem dá a palavra final.

Não é que eu não queira ir. É só, literalmente, uma questão de vida ou morte. Não posso viajar para Cabo San Lucas – ou para qualquer outro lugar, na verdade – e correr o risco de não voltar viva. Não posso fazer isso com meus pais. Não agora.

— Mas você foi a chefe do comitê de planejamento esse ano! Não dá pra pedir pra eles remarcarem? Não queremos que você fique presa aqui — Camila diz, apontando o quarto de hospital ao seu redor, que decorei com tanto cuidado.

Faço que não com a cabeça.

— Mas ainda temos as férias do meio do ano! E eu nunca perdi nenhum "fim de semana das BFFs" das férias desde a oitava série, quando peguei aquela gripe — digo com um sorriso esperançoso, olhando de Camila para Mya. Nenhuma retribui meu sorriso, no entanto, e preferem continuar me encarando como se eu tivesse assassinado seus bichinhos de estimação.

Percebo que as duas estão segurando as sacolas com roupas de praia que pedi para trazerem, então agarro as de Camila em uma tentativa desesperada de mudar de assunto.

— *Uuuh*, biquínis! Temos que escolher os melhores — digo.

Já que não vou torrar no sol de Cabo com meu próprio biquíni, acho que pelo menos tenho o direito de me imaginar lá enquanto ajudo minhas amigas a escolher o que vão levar.

Isso anima as duas. Empolgadas, esvaziamos as sacolas em cima da cama, criando uma mistura de estampas florais, bolinhas e cores fluorescentes.

Analiso a pilha de Camila, pegando uma parte de baixo vermelha que parece algo entre um biquíni e um pedaço de fio dental, e eu sei de cara que aquela é uma peça que já pertenceu à sua irmã mais velha, Megan.

Jogo a calcinha nela.

— Esse. É a sua cara.

Ela arregala os olhos e segura a peça por cima da roupa, na altura da cintura, ajeitando, surpresa, os óculos de armação fina com a outra mão.

— Bom, acho que a marquinha do biquíni até ficaria boa…

— Camila — eu digo, segurando um biquíni de listras azuis e brancas que tenho certeza que ficará lindo nela. — É brincadeira. Esse aqui é perfeito.

Ela parece aliviada e pega o biquíni da minha mão. Vou para a pilha de Mya, mas ela está ocupada trocando mensagens com alguém no celular, sentada na poltrona no canto do quarto e sorrindo de orelha a orelha.

Tiro do meio da pilha um maiô que ela tem desde as aulas de natação da sexta série e, com uma risadinha, mostro para ela.

— O que você acha desse aqui, Mya?

— Adoro! Parece ótimo — ela responde, digitando freneticamente.

Camila ri ao colocar seus biquínis de volta na sacola, lançando um sorriso malicioso para mim.

— O Mason e a Brooke terminaram — explica.

— Ah, meu Deus! Não acredito — exclamo. Isso sim é novidade. Uma novidade ótima.

Bom, não para a Brooke. Mas a Mya é apaixonada pelo Mason desde os tempos das aulas de inglês com a sra. Wilson no segundo ano, e essa viagem é sua chance de finalmente fazer algo a respeito.

Fico chateada por não poder estar lá para ajudá-la a colocar em ação o plano "Romance tórrido com Mason em Cabo".

Mya deixa o celular de lado e dá de ombros, levantando e fingindo olhar alguns dos desenhos pendurados na parede.

— Não é nada demais. Vamos encontrar ele e o Taylor no aeroporto amanhã de manhã.

Lanço um olhar significativo para ela, que abre um grande sorriso.

— Tudo bem. É meio que demais.

Soltamos um gritinho, entusiasmadas, e eu escolho um maiô lindo de bolinhas, que é super *vintage* e bem a cara dela. Ela faz que sim com a cabeça e segura o maiô em frente ao corpo.

— Eu estava *totalmente* torcendo pra você escolher esse.

Viro para Camila e a vejo olhando para o relógio, ansiosa, o que não me surpreende. Ela é a campeã da procrastinação, e provavelmente ainda não separou nenhuma peça de roupa para Cabo.

Exceto o biquíni, claro.

Ela vê que percebi sua inquietação e me lança um sorrisinho tímido.

— Ainda tenho que comprar uma canga pra amanhã.

Camila sendo Camila.

Levanto da cama, sentindo um aperto no peito só de pensar nelas indo embora, mas não quero atrasá-las.

— Bom, vocês têm que ir, então! O voo de vocês sai, tipo, absurdamente cedo amanhã.

Mya olha ao redor com uma cara de tristeza enquanto Camila retorce sua sacola cheia de biquínis no pulso. As duas estão tornando a situação ainda mais difícil do que eu achei que seria. Engulo em seco a mistura de culpa e irritação que parece formar um bolo na minha garganta. Não são elas que vão perder a viagem de formatura para Cabo. Pelo menos estarão juntas.

Abro o maior sorriso que posso para as duas, praticamente empurrando-as porta afora. Minhas bochechas doem de tanta positividade falsa, mas não quero estragar o momento.

— Vamos te mandar muitas fotos, o.k.? — Camila diz, me abraçando.

— É bom mesmo! Me coloca em algumas com Photoshop — digo para Mya, que é tipo a maga da Adobe. — Vocês não vão nem perceber que eu não fui!

As duas enrolam na porta e eu reviro os olhos exageradamente, empurrando-as porta afora.

— Saiam daqui. Vão ter uma viagem incrível!

— Te amamos, Stella — elas gritam enquanto seguem pelo corredor. Eu as observo indo embora, acenando até os cachos de Mya sumirem completamente de vista, e de repente não há nada que eu queira mais do que ir com elas *fazer* as malas, e não desfazê-las.

Meu sorriso desaparece quando fecho a porta e vejo a antiga foto de família cuidadosamente pendurada ali.

Ela foi tirada há alguns verões na varanda da frente da nossa casa, durante um churrasco de 4 de julho. Eu, Abby, meu pai e minha mãe, todos com sorrisos bobos enquanto a câmera capturava o momento. Sinto uma pontada de saudade ao lembrar do barulho da madeira desgastada e frágil do piso que rangia sob os nossos pés enquanto sorríamos e nos juntávamos para tirar a foto. Sinto falta disso. De todos nós juntos, felizes e saudáveis. No geral.

Isso não está ajudando. Com um suspiro, desvio o pensamento, olhando para o carrinho de remédios.

Sendo sincera, eu gosto daqui. Essa tem sido a minha casa longe de casa desde que eu tinha seis anos, então geralmente não ligo de vir para cá. Faço meus tratamentos, tomo meus remédios, bebo o equivalente ao meu peso em milk--shakes, vejo Barb e Julie e vou embora até a próxima crise. Simples assim. Mas dessa vez estou ansiosa, inquieta. Porque agora, em vez de simplesmente querer ficar saudável, eu *preciso* ficar saudável. Pelo bem dos meus pais.

Porque eles conseguiram estragar tudo com o divórcio. E, depois de perderem um ao outro, não vão aguentar me perder também. Eu sei disso.

Se eu conseguir melhorar, talvez...

Um passo de cada vez. Vou até a saída de oxigênio ao lado da cama, checando duas vezes se a pressão está correta, e escuto o sibilo estável do ar saindo dela. Passo a sonda em volta dos meus ouvidos e prendo as pontas da cânula nas minhas narinas. Suspirando, tento me ajeitar no desconforto familiar do colchão do hospital e respiro fundo.

Estico o braço para pegar meu caderno e ver qual é o próximo item da lista para me manter ocupada.

18: gravar um vídeo.

Pego o lápis e mordo a ponta de cima enquanto, pensativa, olho para as palavras que escrevi mais cedo. De um jeito estranho, contemplar a vida após a morte parece mais fácil agora.

Mas a lista é a lista, então suspiro e me inclino para pegar o notebook em cima da cabeceira, cruzando as pernas em cima do novo edredom floral que comprei ontem na Target enquanto Camila e Mya escolhiam roupas para a viagem. Eu nem precisava de um edredom, mas as duas estavam tão empolgadas para me ajudar a escolher alguma coisa para a minha "viagem" ao hospital, que me senti mal por sair de mãos vazias. Pelo menos ele combina com as paredes do quarto, coloridas, vibrantes, alegres.

Tamborilo meus dedos no teclado ansiosamente e olho para o meu reflexo na tela enquanto o computador inicia. Franzo a testa ao ver a bagunça do meu cabelo comprido e castanho e tento ajeitá-lo um pouco, passando os dedos pelos fios várias vezes. Frustrada, tiro meu elástico do pulso e começo a fazer um coque, na tentativa de ficar com uma cara mais ou menos decente para o vídeo. Pego meu exemplar de *Programação em Java para celulares Android* da mesa da cabeceira e coloco o notebook em cima dele, para não parecer que tenho queixo duplo e conseguir um ângulo um pouco mais favorável.

Eu me conecto à conta do YouTube Live e ajusto a webcam, me certificando de que o desenho do pulmão de Abby está bem atrás de mim.

É o cenário perfeito.

Fecho os olhos e respiro fundo, ouvindo o chiado familiar do meu pulmão tentando desesperadamente se encher de ar em meio ao mar de muco. Expirando devagar, abro um sorriso do tipo garota propaganda antes de abrir os olhos e dar *enter* para começar a transmissão ao vivo.

— E aí, gente? Estão curtindo a Black Friday? Eu ainda estou esperando essa neve que não chega nunca!

Olho para o canto da tela enquanto viro a câmera em direção à janela do quarto, que mostra o céu cinzento e os galhos secos das árvores totalmente sem folhas. Sorrio conforme o número de visualizações ao vivo passa de 1k, uma parte dos 23.940 inscritos do meu canal do YouTube que acompanham meus vídeos para ver como minha batalha contra a fibrose cística está indo.

— Então, eu poderia estar me preparando pra entrar num avião rumo a Cabo San Lucas para a minha viagem de formatura, mas, em vez disso, vou passar essas férias na minha segunda casa, graças a uma leve dor de garganta.

E uma febre esmagadora. Penso no momento em que mediram a minha temperatura hoje de manhã e o termômetro bateu impressionantes 38,8°C. Prefiro não comentar isso no vídeo, no entanto, porque sei que meus pais com certeza vão me assistir mais tarde.

Até onde eles sabem, estou apenas com um resfriado chato.

— Mas quem precisa de duas semanas inteiras de sol, céu azul e praia quando pode ter um mês de luxo bem perto de casa? — Começo a detalhar, contando nos dedos: — Vamos ver. Tenho um concierge disponível vinte e quatro horas por dia, um estoque ilimitado de flã de chocolate e serviço de lavanderia. Ah, e a Barb convenceu a dra. Hamid a me deixar guardar todos os meus remédios e equipamentos no meu quarto dessa vez! Olha só!

Viro a câmera para a pilha de equipamentos médicos e depois para o carrinho de remédios ao meu lado, já organizados perfeitamente em ordem alfabética *e* cronológica de acordo com o horário programado em que devo tomá-los, tudo registrado no aplicativo que fiz. Ele *finalmente* está pronto para o teste!

Este era o número 14 da minha lista, e estou bem orgulhosa do resultado.

Meu computador apita quando os comentários começam a aparecer. Vejo um com o nome de Barb e uns emojis de coração do lado. Ela é uma das favoritas do público, assim como para mim. Desde que cheguei ao hospital, há mais de dez anos, ela é a terapeuta respiratória daqui, sempre trazendo um docinho para mim e para os outros pacientes com fibrose cística, como meu parceiro no crime, Poe. Ela segura nossa mão até mesmo durante os momentos mais intensos de dor, como se não fosse nada.

Venho gravando vídeos no YouTube há pelo menos metade do meu tempo aqui para aumentar a conscientização sobre a fibrose cística. Com o passar dos anos, mais gente do que eu poderia imaginar começou a acompanhar minhas cirurgias, meus tratamentos e minhas visitas ao Hospital St. Grace, ficando comigo até durante minha estranha fase de aparelho nos dentes e tudo o mais.

— Minha função pulmonar está em trinta e cinco por cento — digo conforme viro a câmera de volta para mim. — A dra. Hamid disse que agora estou bem perto do topo da lista de transplantes, então vou ficar por aqui durante um mês, tomando antibióticos e seguindo o tratamento... — Meu olhar vai até o desenho atrás de mim, dois pulmões saudáveis pairando sobre a minha cabeça, fora do meu alcance. Balanço a cabeça e sorrio, me inclinando para pegar um frasco no carrinho de remédio. — ... que consiste em tomar os remédios no horário certo, usar o AffloVest, meu colete vibratório, pra diluir o muco e... — ergo um frasco para mostrá-lo — ...fazer uma dieta líquida nutritiva por meio da minha sonda todas as noites. Se alguma menina por aí estiver a fim de ingerir cinco mil calorias por dia e continuar pronta para a praia, aceito trocas.

O notebook apita com as mensagens que não param de chegar. Ao ler algumas, deixo a positividade substituir o pessimismo dessa situação toda.

Força, Stella! Nós te amamos!

Casa comigo?

— Os pulmões novos podem chegar a *qualquer momento*, então tenho que estar pronta — digo as palavras como se acreditasse nelas de verdade, mas, depois de todos esses anos, aprendi a manter as expectativas baixas.

PLIM! Mais uma mensagem.

Tenho fibrose cística também e você me motiva a sempre manter o pensamento positivo. Bjo!

Sinto uma sensação gostosa no peito e dou um último grande sorriso para a câmera, para a pessoa que está passando pela mesma luta que eu. Desta vez, é sincero.

— Então tá, pessoal! Obrigada por assistirem. Preciso checar de novo meus remédios da tarde e da noite agora. Vocês sabem como eu sou neurótica com isso. Tenham uma ótima semana. Tchau!

Encerro a transmissão ao vivo e expiro devagar, fechando o navegador e vendo os rostos sorridentes, prontos para o baile de inverno da escola, no fundo da minha área de trabalho. Eu, Camila e Mya de braços dados, todas com o mesmo batom vermelho que compramos juntas na Sephora. Camila queria escolher um rosa vivo, mas Mya nos convenceu de que o vermelho era uma cor NECESSÁRIA em nossas vidas. Ainda não estou muito convencida disso.

Me recostando no colchão, pego o ursinho panda surrado do meu travesseiro e o envolvo com toda a minha força. Esparadrapo – Abby escolheu esse nome para ele. E a escolha não poderia ter sido melhor. Os anos de idas e vindas do hospital certamente pesaram para ele. Esparadrapos coloridos cobrem todos os buracos que se abriram no panda, depois de tanto que o apertei durante os meus tratamentos mais dolorosos.

Alguém bate na porta e ela se abre um segundo depois, revelando Barb com vários potinhos de flã para misturar com a minha medicação.

— Voltei! Entrega pra você!

Em relação à Barb, quase nada mudou nos últimos seis meses, ou melhor, nos últimos dez anos: ela continua sendo a melhor. O mesmo cabelo curto e encaracolado. O mesmo uniforme colorido. O mesmo sorriso que ilumina e contagia o quarto inteiro.

Mas então vejo uma Julie extremamente grávida atrás dela, carregando uma bolsa de soro.

Isso sim é uma grande mudança nos últimos seis meses.

Disfarço minha surpresa e sorrio para Barb enquanto ela coloca o flã na beira da cama para eu poder guardar no carrinho de remédios. Depois, ela confere na lista se não está faltando mais nada no meu arsenal de medicamentos.

— O que eu faria sem você? — pergunto.

Ela dá uma piscadinha.

— Morreria, é claro.

Julie pendura a bolsa de soro com antibióticos do meu lado, sua barriga encostando no meu braço. Por que ela não contou sobre a gravidez? Fico tensa, sorrindo de nervoso ao ver sua barriga e, discretamente, tento me afastar.

— Bastante coisa mudou nesses últimos seis meses!

Ela acaricia a barriga, seus olhos azuis brilhando conforme abre um grande sorriso para mim.

— Quer sentir ela chutando?

— Não — respondo rápido demais. Me sinto mal quando Julie parece espantada com a minha sinceridade, suas sobrancelhas loiras arqueando em surpresa, mas não quero passar meu carma para esse bebê perfeito e saudável.

Para a minha sorte, seu olhar se desvia para a área de trabalho do meu computador.

— São suas fotos do baile de inverno? Vi algumas no Instagram — comenta, empolgada. — Como foi?

— Foi demais — respondo com muito entusiasmo conforme o momento estranho se dilui. Abro uma pasta cheia de fotos na minha área de trabalho. — Dancei loucamente durante três músicas inteiras. Andei de limusine. A comida não era ruim. Além disso, aguentei até às dez e meia antes de ficar cansada, o que foi bem mais do que eu estava esperando. Quem precisa de toque de recolher quando seu próprio corpo faz isso, não é?

Mostro a ela e a Barb algumas fotos que tiramos na casa da Mya antes do baile enquanto ela me conecta à minha bolsa de soro e mede minha pressão arterial e nível de oxigênio. Lembro que eu costumava ter medo de agulhas, mas a cada coleta de sangue e soro, o medo foi sumindo. Agora eu nem sequer pisco. Me sinto mais forte toda vez que sou furada ou espetada. Como se eu fosse capaz de aguentar qualquer coisa.

— Tudo certo — Barb diz depois que as duas checam todos os meus sinais vitais e terminam de admirar e elogiar meu vestido prateado brilhante e meu *corsage* de rosas brancas. Camila, Mya e eu decidimos trocar nossos *corsages* quando fomos sem pares ao baile. Eu não queria ir com ninguém – não que alguém quisesse me levar. Era bem provável que eu precisasse desistir no dia da festa ou que eu não me sentisse bem no meio do baile, o que não seria nem um pouco justo com quem quer que estivesse comigo. Elas não queriam que eu me sentisse excluída, então, em vez de arranjarem alguém, decidiram que nós três iríamos juntas. Por conta de todos os novos acontecimentos com Mason, não é muito provável que isso aconteça de novo no baile de formatura.

Barb aponta com a cabeça para o carrinho cheio de remédios, uma mão apoiada nos quadris.

— Vou continuar de olho, mas você dá conta sozinha. — Ela mostra um frasco de comprimidos. — Não se esqueça de que você *tem* que tomar este com a comida — ela adverte, colocando-o de volta no lugar com todo o cuidado e pegando outro. — E toma cuidado pra não…

— Já sei, Barb — digo. Ela só está sendo maternal como sempre, mas ergue os braços em sinal de rendição. No fundo, Barb sabe que vou ficar muito bem.

Aceno conforme elas caminham em direção à porta, pegando o controle remoto ao lado da cama para ajustar sua altura e deixar o colchão um pouco mais alto.

— Aliás — Barb diz devagar quando Julie já está do lado de fora do quarto. Ela estreita os olhos com um certo ar de advertência, mas de um jeito gentil. — Quero que você espere a medicação acabar, mas Poe acabou de entrar no 310.

— O quê? Sério? — pergunto, meus olhos se arregalando enquanto quase me jogo da cama para ir até ele. Não acredito que ele não me contou que estaria aqui!

Barb entra de volta no quarto, agarra meus ombros e me empurra gentilmente de volta para a cama antes que eu consiga me levantar totalmente.

— Que parte do "quero que você espere a medicação acabar" você não entendeu?

Abro um sorriso sem graça, mas como ela poderia me culpar? Poe foi o primeiro amigo que fiz quando cheguei ao hospital. Ele é o único que realmente entende. Nós lutamos juntos contra a fibrose cística há uma década. Bom, juntos a uma distância segura um do outro, de qualquer modo.

Não podemos chegar muito perto um do outro. Para quem tem fibrose cística, a infecção cruzada causada por certos tipos de bactérias acarreta um risco enorme. Um simples toque entre dois pacientes pode literalmente matar ambos.

A cara séria de Barb dá lugar a um sorriso gentil.

— Se acomode. Relaxe. Tome uma pílula do sossego. — Barb olha para o carrinho de remédios, brincando. — Não literalmente.

Faço que sim com a cabeça, uma gargalhada sincera escapando conforme sinto uma onda de alívio ao saber que Poe está aqui também.

— Volto mais tarde pra te ajudar com o AffloVest — Barb avisa, olhando por cima dos ombros enquanto sai. Pego o celular e me decido por uma rápida mensagem de texto em vez de sair correndo feito uma louca até o quarto 310.

Você está aqui? Eu também. Câmbio!

Nem um segundo depois, a tela do celular pisca com a resposta:

Bronquite. Do nada. Vou sobreviver. Chega aqui depois e me dá um oi pela porta. Vou dormir agora.

Me recosto na cama com um suspiro longo e profundo.

A verdade é que estou nervosa com essa vinda para o hospital.

Minha função pulmonar caiu para trinta e cinco por cento bem rápido. E agora, mais do que a febre e a dor de garganta, ter que ficar aqui por mais um mês, fazendo mil e um tratamentos para segurar a onda enquanto minhas amigas estão longe está me deixando louca. Muito louca. Trinta e cinco por cento é um número que tira o sono da minha mãe. Ela não diz isso, mas seu computador mostra. Pesquisas e mais pesquisas sobre transplantes de pulmão e percentuais de função pulmonar, combinações de termos e frases diferentes, mas o assunto da busca é sempre o mesmo: como me dar mais tempo. Isso me deixa com mais medo do que já senti. Mas não por mim. Quando se tem FC, você meio que se acostuma com a ideia de morrer cedo. Não, estou apavorada pelos meus pais. E no que será deles se o pior acontecer, agora que não têm mais um ao outro.

Mas com Poe aqui, uma pessoa que *entende*, consigo passar por isso. Assim que eu tiver autorização para vê-lo.

O resto da tarde passa bem devagar.

Eu trabalho no meu aplicativo, conferindo se resolvi o erro de programação que continua aparecendo quando tento usá-lo no meu celular. Passo um pouco de pomada antibiótica na pele dolorida em volta do acesso da sonda numa tentativa de deixá-lo menos vermelho-incêndio e mais rosa-pôr-do-sol. Confiro mais de uma vez a pilha de frascos de comprimidos do horário "Antes de dormir". Respondo as milhões de mensagens de texto dos meus pais. Observo o entardecer pela janela e vejo um casal mais ou menos da minha idade, rindo e se beijando conforme entram no hospital. Não é todo dia que se vê um casal feliz entrando no hospital. Ao vê-los de mãos dadas e trocando um olhar apaixonado, me pergunto como seria ter alguém que me olhasse desse jeito. As pessoas sempre ficam olhando para minha cânula no nariz, minhas cicatrizes, minha sonda, não para *mim*.

Essas não são bem as coisas que costumam chamar a atenção de um cara e fazer ele querer puxar papo com você no corredor.

"Namorei" Tyler Paul no primeiro ano do Ensino Médio, mas não durou nem um mês, porque peguei uma infecção e precisei ficar internada por algumas semanas. Poucos dias depois, as mensagens de texto dele começaram a ficar mais e mais esparsas, e decidi terminar. Mas não era nada como o casal do jardim. As palmas de Tyler estavam sempre suadas quando ficávamos de mãos dadas, e ele passava tanto desodorante que eu tinha uma crise de tosse toda vez que o abraçava.

Essa linha de pensamento não é exatamente uma distração, então decido arriscar o número 22 da lista: *contemplar a vida após a morte*, e leio algumas páginas de *Jornada da alma: vida, morte e imortalidade.*

Mas pouco tempo depois, decido ficar só deitada na cama mesmo, encarando o teto e escutando o sibilo ofegante da minha respiração. Consigo ouvir o ar brigando para recuperar o espaço que o muco resolveu ocupar nos meus pulmões. Virando de lado, abro um frasco de Flovent para dar uma mãozinha para o meu organismo. Despejo o líquido no inalador ao lado da minha cama e a pequena máquina liga e começa a zunir quando o vapor atravessa o bocal.

Sento e encaro o desenho dos pulmões enquanto inspiro e expiro.

E inspiro e expiro.

Inspiro… e expiro.

Espero que, quando meus pais vierem me visitar nos próximos dias, eu esteja respirando com menos dificuldade. Falei para cada um que o outro ia me levar para o hospital hoje de manhã, mas, na verdade, peguei um Uber perto da nova casa da minha mãe. Não quero que eles tenham que me ver aqui de novo, pelo menos não até eu melhorar um pouco.

Minha mãe me olhou com cara de preocupada só de ver que precisei do oxigênio portátil simplesmente para arrumar as malas.

Alguém bate na porta e eu me viro para olhar, na esperança de que Poe tenha vindo para dar oi. Afasto o inalador quando a cabeça de Barb aparece na fresta. Ela deixa uma máscara cirúrgica e um par de luvas de látex em cima da mesa, ao lado da porta.

— Tem paciente novo no andar de cima. Me encontra em quinze minutos?

Meu coração dispara.

Faço que sim com a cabeça e Barb sorri para mim antes de sair. Coloco a máscara no rosto de novo e tomo mais um pouco de Flovent, deixando o vapor encher bem meus pulmões antes de me levantar. Desligo o aparelho e pego meu concentrador portátil de oxigênio, que estava recarregando do lado da cama, ligando-o e colocando as alças nos meus ombros. Depois de ajustar a cânula, vou até a porta, pegando as luvas azuis e ajeitando as tiras da máscara cirúrgica atrás das orelhas.

Enfio o All Star branco nos pés, abro a porta e me atiro no corredor branco, decidindo fazer o caminho mais longo só para poder passar em frente ao quarto de Poe.

Atravesso o posto da enfermagem que fica no meio do corredor e aceno para uma enfermeira-assistente nova, Sarah, que sorri para mim por cima do balcão novo e polido de metal.

Eles o trocaram antes da minha última visita, há seis meses. O antigo era da mesma altura, mas de uma madeira desgastada, provavelmente o mesmo desde a inauguração do hospital, há uns sessenta e poucos anos. Lembro de quando eu era pequena o suficiente para passar por ele até o quarto de Poe sem que ninguém percebesse, minha cabeça mal chegando à altura da superfície.

Agora, ele fica na altura do meu cotovelo.

Ao caminhar pelo corredor, sorrio ao ver uma pequena bandeira da Colômbia colada do lado de fora de uma porta semiaberta, um skate virado e apoiado entre ela e o chão.

Espreito pela fresta e vejo Poe dormindo na cama, encolhido como uma bola surpreendentemente pequena debaixo de seu edredom xadrez, um pôster do Gordon Ramsay colado na parede bem acima da altura da cama, vigiando seu sono.

Desenho um coração no quadro branco que Poe pendurou do lado de fora da porta para que ele saiba que estive aqui e, em seguida, continuo caminhando pelo corredor em direção à porta dupla de madeira que leva até a parte principal do prédio, onde vou pegar o elevador, subir, descer pela Ala C, atravessar a ponte que leva até o Edifício 2 e caminhar até a Unidade de Terapia Intensiva Neonatal, ou UTI Neonatal.

Uma das vantagens de mais de uma década vindo aqui é que conheço este hospital como a casa em que cresci. Cada corredor sinuoso, escada escondida ou atalho secreto, explorados por mim várias e várias vezes.

Mas antes que eu consiga abrir as portas duplas, um quarto se abre ao meu lado e eu me viro, surpresa, para ver o perfil de um garoto alto e magro que nunca tinha visto antes. Ele está de pé na entrada do quarto 315, segurando um caderno de desenho numa mão e um lápis de carvão na outra, uma pulseira branca de hospital igual à minha presa no pulso.

Fico paralisada.

Seu cabelo castanho-chocolate desgrenhado está perfeitamente bagunçado, como se ele tivesse acabado de sair de uma *Teen Vogue* e caído de paraquedas no Hospital St. Grace. Seus olhos são de um azul profundo e formam ruguinhas enquanto ele fala.

Mas é o sorriso dele que chama minha atenção mais do que qualquer outra coisa. É assimétrico e charmoso, com um calor magnético.

Ele é tão bonito que acho que minha função pulmonar deve ter caído mais dez por cento.

Ainda bem que essa máscara está cobrindo metade do meu rosto, porque eu não me preparei para encontrar caras gatos no meu andar nessa temporada no hospital.

— Já sei os horários delas — ele diz, colocando o lápis casualmente atrás de sua orelha. Viro discretamente para a esquerda e vejo que ele está sorrindo para o casal que vi chegando ao hospital mais cedo. — Então, a não ser que você coloque sua bunda no botão de ligação, ninguém vai incomodar vocês por *pelo menos* uma hora. E não esquece: eu durmo naquela cama, cara.

— Estou dois passos à sua frente — Observo a garota tirar uns cobertores da mochila e mostrar para ele.

Hmm. O quê?!

O cara gato assovia.

— Olha só. Isso é que é uma mulher prevenida.

— Nós não somos animais, cara — o namorado diz, abrindo um grande sorriso cúmplice.

Ah, meu Deus. Que nojo. Ele está deixando os amigos transarem no quarto dele, como se fosse um motel.

Faço uma careta e volto a andar pelo corredor até a porta de saída, colocando o máximo de distância possível entre mim e o que quer que esteja rolando ali.

Pelo visto beleza não é tudo.

capítulo 2
WILL

— **Beleza, vejo vocês mais tarde** — digo, piscando para Jason e fechando a porta do meu quarto para os dois ficarem à vontade. Fico cara a cara com as órbitas ocas do crânio desenhado na minha porta, com uma máscara de oxigênio e a frase *"Deixai toda esperança, ó vós que entrais"* escrita logo embaixo.

Esse deveria ser o slogan deste hospital. Ou de qualquer um dos cinquenta em que eu estive nos últimos oito meses da minha vida.

Olho para o final do corredor e vejo uma porta se fechando atrás da garota que vi entrando em um dos quartos do hospital hoje, seu All Star branco desaparecendo do outro lado. Ela estava sozinha quando a vi, carregando uma mochila grande o suficiente para caber três adultos dentro, mas ela era bem gata, na verdade.

E sejamos sinceros. Não é todo dia que se vê uma garota moderadamente bonita passeando pelo corredor de um hospital, ainda mais a umas cinco portas para além da sua.

Olhando para o meu caderno de desenhos, dou de ombros, dobrando-o antes de colocá-lo no bolso de trás, e saio andando pelo corredor atrás dela. Não é como se eu tivesse algo melhor para fazer, e eu com certeza não quero ficar por aqui durante a próxima hora.

Empurro as portas e a vejo atravessando o chão de ladrilhos cinza, acenando e cumprimentando quase todo mundo por onde passa, como se estivesse fazendo seu desfile pessoal de Ação de Graças. Ela entra no enorme elevador envidraçado, com vista para o átrio leste, logo depois de uma árvore de Natal toda enfeitada que devem ter colocado ali de manhã, muito antes de as sobras do Dia de Ação de Graças sequer terem sido comidas.

Só Deus sabe o que aconteceria se deixassem aquele peru gigante exposto daquele jeito por mais um minuto que fosse.

Observo enquanto ela ajeita a máscara no rosto e estica o braço para apertar o botão do elevador, as portas se fechando lentamente.

Começo a subir a escadaria que fica ao lado do elevador, tentando não esbarrar em ninguém, e o vejo parar no quinto andar. Claro. Subo as escadas o mais rápido que meus pulmões permitem, e consigo chegar a tempo de entrar em uma crise de tosse terrível *e* me recuperar antes de vê-la sair do elevador e sumir por um corredor. Esfrego o peito, pigarreando, e a sigo por alguns corredores até a passarela coberta por vidro que leva ao próximo edifício.

Apesar de ter chegado só hoje de manhã, ela claramente sabe aonde está indo. Pela velocidade em que anda e pelo fato de que aparentemente conhece cada pessoa do prédio, não ficaria surpreso se ela fosse prefeita desse lugar. Faz duas semanas que estou aqui e só descobri ontem como me deslocar do meu quarto até o refeitório do Edifício 2 sem me perder, e meu senso de direção é ótimo. Já passei por tantos hospitais ao longo dos anos que descobrir como circular por eles conta como um hobby para mim.

A garota para em frente a uma porta dupla com uma placa que diz: "Unidade de Terapia Intensiva Neonatal", e espia antes de abri-la.

A UTI Neonatal.

Estranho.

Ter filhos quando você tem FC entra na categoria "extremamente difícil". Já ouvi falar de garotas que têm a doença que ficaram *muito* chateadas com isso, mas ir olhar bebês que você nunca poderá ter é outro nível.

É simplesmente deprimente.

Há muitas coisas que me irritam em ter FC, mas essa não é uma delas. Praticamente todos os caras que têm fibrose cística não podem ter filhos, o que significa que, pelo menos, eu não preciso me preocupar em engravidar ninguém e começar minha própria família cagada.

Aposto que Jason queria estar no meu lugar agora.

Olhando para os dois lados, atravesso o espaço até a porta, espiando pela janela estreita e vendo-a em pé, de frente para o vidro, seus olhos grudados em um bebê pequeno dentro de uma incubadora do outro lado. Seus frágeis braços e pernas estão ligados a aparelhos dez vezes maiores que ele.

Empurro a porta e entro no corredor mal iluminado, sorrindo ao observar a menina do All Star por um segundo. Não consigo deixar de encarar o reflexo dela no vidro, e é como se tudo do outro lado ficasse fora de foco. Ela é ainda mais bonita de perto, com seus cílios longos e sobrancelhas grossas. Ela faz até uma máscara ficar bonita. Observo conforme ela afasta o cabelo ondulado e loiro-escuro do rosto, encarando o bebê do outro lado do vidro praticamente sem piscar.

Pigarreio, chamando sua atenção.

— E eu que pensei que esse aqui seria só mais um hospital chato, cheio de doentes chatos. E então você aparece. Sorte a minha.

Seus olhos encontram os meus pelo reflexo do vidro, indicando surpresa a princípio, mas logo depois, virando algo parecido com desprezo. Ela desvia o olhar, volta a observar o bebê e continua em silêncio.

Bom, esse é sempre um bom sinal. Nada como repulsa para começar com o pé direito.

— Vi você se mudando para o seu quarto. Vai ficar aqui por muito tempo? — Ela não diz nada. Não fosse pela careta, diria até que ela não me ouviu. — Ah, entendi. Sou tão lindo que você não consegue nem formar uma frase direito.

Isso a incomoda o suficiente para fazê-la responder.

— Você não deveria estar procurando quartos para os seus "convidados"? — ela provoca, virando-se para me olhar enquanto tira sua máscara com raiva.

Ela me pega desprevenido e eu rio, surpreso pela franqueza.

Isso *realmente* a deixa irritada.

— Você aluga por hora ou o quê? — ela pergunta, seus olhos escuros semicerrados.

— Há! Então *era* você me vigiando no corredor.

— Eu não *vigio* ninguém — ela rebate. — Foi *você* quem *me* seguiu até aqui. — Verdade. Mas ela definitivamente espiou primeiro. Finjo estar pasmo e ergo as mãos, como se estivesse me entregando.

— Com a intenção de me apresentar, mas com esses modos, eu...

— Deixa eu ver se adivinho — ela me atropela. — Você se considera um rebelde. Ignora as regras porque isso faz com que se sinta no controle de alguma forma. Estou certa?

— Você não está errada — rebato antes de me apoiar na parede, descontraído.

— E você acha isso bonito?

Sorrio.

— Bom, você deve achar. Ficou parada no corredor um tempão, me olhando.

Ela revira os olhos, claramente não achando graça.

— Não tem nada de bonito em emprestar um quarto de hospital para os amigos transarem.

Ah, então ela é toda certinha.

— Transar? Ah, não, não! Eles me disseram que iam fazer uma reunião do clube do livro meio barulhenta e que iam precisar de mais ou menos uma hora. — Ela me fuzila com o olhar, definitivamente sem achar graça do meu sarcasmo. — Ah. Entendi agora — digo, cruzando os braços. — Você tem alguma coisa contra sexo.

— É claro que não! Eu já fiz sexo — ela diz, seus olhos arregalando assim que as palavras escapam de sua boca. — Não tem nada de *errado*...

Essa é com certeza a maior mentira que já ouvi esse ano, e olha que eu vivo cercado de gente que tenta amenizar o fato de que estou morrendo.

Solto uma risada.

— "Nada de errado" não é exatamente animador, mas pelo menos temos alguma coisa em comum.

As sobrancelhas grossas formam uma carranca.

— Não temos *nada* em comum.

Eu pisco, me divertindo demais por tirá-la do sério.

— Fria. Gosto disso.

A porta abre de repente e Barb entra com tudo, nos fazendo pular com o barulho.

— Will Newman! O que você está fazendo aqui em cima? Você está proibido de sair do terceiro andar depois daquela gracinha que aprontou semana passada!

Olho para a garota de novo.

— Aí está. Um nome pra combinar com o perfil psicológico que você criou sobre mim. E você é?

Ela me encara e rapidamente puxa a máscara sobre a boca antes que Barb perceba.

— Indiferente a você.

Boa. A sra. Certinha tem sangue quente.

— E, com certeza, a favoritinha das enfermeiras, também.

— Dois metros, seis passos de distância, sempre! Vocês dois sabem as regras! — Percebo que estou perto demais dela e dou um passo para trás quando Barb se aproxima, entrando no espaço tenso entre nós. Ela se vira para mim com uma cara feia, seus olhos se estreitando. — O que você está fazendo aqui?

— Hum… — digo, apontando para o vidro da maternidade. — Olhando bebês?!

Barb claramente não acha graça.

— Volte para o seu quarto. Cadê a sua máscara? — Ponho a mão no rosto e percebo que estou sem ela. — Stella, obrigada por usar a sua.

— Há cinco segundos ela estava sem — murmuro. Por cima da cabeça de Barb, Stella olha feio para mim, e eu abro um sorriso enorme para ela.

Stella.

O nome dela é Stella.

Posso ver que Barb está a ponto de acabar comigo, então decido sair antes que isso aconteça. Chega de sermão por hoje.

— Anime-se, Stella — digo enquanto caminho até a porta. — É só a vida. Vai acabar antes que a gente se dê conta.

Atravesso a porta dupla, passo pela ponte e desço para a Ala C. Em vez de fazer o trajeto mais longo, entro num elevador mais instável e com paredes de aço em vez de vidro, que descobri há dois dias. Ele me deixa bem em frente à enfermaria do meu andar, onde Julie está lendo alguns papéis.

— Oi, Julie — digo, me debruçando sobre o balcão para pegar um lápis.

Ela ergue o rosto, me olhando rapidamente antes de voltar a se concentrar nos seus papéis.

— O que você estava aprontando?

— Ah, dando uma volta pelo hospital. Enchendo o saco da Barb — respondo, dando de ombros e girando o lápis entre meus dedos. — Ela é *muito* esquentada.

— Will, ela não é esquentada, ela é só, você sabe…

Eu a encaro.

— Esquentada.

Ela se recosta na cadeira do balcão, colocando a mão em sua mega barriga de grávida.

— Rígida. As regras são importantes. Especialmente para a Barb. Ela não gosta de correr riscos.

Olho para o final do corredor e vejo a porta se abrindo de novo, revelando a própria Barb e a dona Certinha.

Barb estreita os olhos para mim e dou de ombros, inocentemente.

— O que foi?! Estou conversando com a Julie.

Ela bufa, e as duas caminham em direção ao quarto de Stella. A garota ajeita a máscara no rosto, olhando para trás, nossos olhares se cruzam por uma fração de segundo.

Suspiro, observando-a ir embora.

— Ela me odeia.

— Qual delas? — Julie pergunta, acompanhando meu olhar pelo corredor.

A porta do quarto de Stella se fecha atrás delas, e eu volto a encarar Julie.

Ela me lança um olhar que já vi um milhão de vezes desde que cheguei aqui, seus olhos azuis repletos de uma mistura de "você é louco?" e algo muito próximo à preocupação.

Mas principalmente "você é louco?".

— Nem *pense* nisso, Will.

Vejo o prontuário no balcão em frente à Julie, o nome no canto superior esquerdo praticamente pulando no meu rosto. *Stella Grant*.

— O.k. — respondo, como se não fosse nada de mais. — Boa noite.

Caminho de volta para o 315 e começo a tossir assim que chego à porta, sentindo o muco espesso nos pulmões e na garganta, meu peito dolorido por conta da excursão pelo hospital. Se eu soubesse que iria correr meia maratona, teria considerado trazer meu oxigênio portátil.

Pfff, quem estou tentando enganar?

Antes de abrir a porta, olho o relógio para ter certeza de que já passou uma hora desde que saí. Acendo a luz e vejo um bilhete de Hope e Jason em cima do lençol branco padrão do hospital.

Que romântico.

Tento não ficar decepcionado por eles já terem ido embora. Minha mãe me tirou da escola para me dar aulas em casa e fazer um tour hospitalar internacional quando fui diagnosticado com *Burkholderia cepacia*, há oito meses. Como se não bastasse a minha expectativa de vida já ser ridiculamente curta, a B. cepacia a encurtou mais ainda, tornando a minha função pulmonar, que já é uma bosta, cair ainda mais rápido do que antes. E não te dão pulmões novos quando você tem uma bactéria resistente a antibióticos correndo solta dentro de você.

Mas "incurável" é uma palavra que não existe no dicionário da minha mãe, e ela está determinada a encontrar o tratamento-agulha-no-palheiro. Mesmo que isso signifique me isolar de todo mundo.

Pelo menos esse hospital fica a meia hora de distância de Hope e Jason, então eles podem me visitar algumas vezes por semana e me contar sobre o que estou perdendo na escola. Desde que contraí B. cepacia, sinto que eles são os únicos na minha vida que não me tratam como um rato de laboratório. Sempre foram assim, talvez por isso sejam tão perfeitos um para o outro.

Desdobro o papel e vejo um coração e uma mensagem com a letra bonita de Hope: "A gente se vê logo! Duas semanas para os seus 18! Hope e Jason". O bilhete me faz sorrir.

"Meus 18". Duas semanas até eu assumir o controle. Vou me livrar deste último tratamento experimental, cair fora desse hospital e fazer algo com a minha vida, em vez de deixar minha mãe desperdiçá-la.

Chega de hospitais. Não vou mais ficar preso dentro dessas paredes brancas e insossas, iguais no mundo inteiro, enquanto médicos tentam remédio após remédio, tratamento após tratamento, e nenhum deles funciona.

Se eu vou morrer, gostaria de pelo menos *viver* primeiro.

E *daí* posso morrer.

Olho para o coração que Hope desenhou, pensando no fatídico último dia. Um lugar poético. Uma praia, talvez. Ou um barco a remo em algum lugar no Mississippi. Só nada que tenha paredes. Eu poderia rascunhar a paisagem, fazer um último desenho meu mostrando o dedo do meio para o universo, para só então bater as botas.

Jogo o bilhete de volta na cama e espio os lençóis antes de dar uma cheirada, só para garantir. Goma e alvejante. A mesma água de colônia de hospital de sempre. Ótimo.

Sento na poltrona reclinável de couro que fica perto da janela e empurro um monte de lápis de cor e cadernos de desenho para o lado, tirando meu notebook de baixo de uma pilha de xerox de charges políticas da década de 1940 que pesquisei mais cedo para referências. Abro o navegador e digito *Stella Grant* no Google, sem esperar grandes resultados. Ela parece o tipo que tem apenas um perfil discreto, com tudo bloqueado no Facebook. Ou uma conta bem chatinha no Twitter, onde compartilha uns memes sobre a importância de sempre lavar as mãos.

O primeiro resultado, no entanto, mostra um canal no YouTube chamado *A fibrose cística de Stella Grant – Um diário não tão secreto* com pelo menos uns cem vídeos que começaram a ser postados há seis anos ou mais. Estreito os olhos, porque esse nome me parece estranhamente familiar. Ah, meu Deus, é aquele canal idiota que a minha mãe me mandou o link uns meses atrás na tentativa de me convencer a levar o meu tratamento a sério.

Se eu soubesse que ela era assim...

Desço a página e clico no primeiro vídeo. Vejo a miniatura de uma foto de Stella mais nova, com aparelho nos dentes e um rabo de cavalo alto. Tento não rir. Me pergunto como serão os dentes dela agora, já que ela não sorriu para mim nem uma vez.

Provavelmente ótimos. Ela parece o tipo de pessoa que de fato usa o aparelho móvel antes de dormir, em vez de deixá-lo pegando poeira na prateleira do banheiro.

Acho que o meu nem chegou a sair do consultório do dentista.

Aumento o volume e a voz dela começa a vazar pelos alto-falantes do notebook.

— Como todos os portadores de FC, eu nasci paciente terminal. Nosso corpo produz muito muco, e esse muco entra nos pulmões e causa infecções, provocando uma de-te-rio-ra-ção na função pulmonar. — Ela se atrapalha com a palavra grande antes de abrir um grande sorriso para a câmera. — Nesse exato momento, estou com cinquenta por cento da minha função pulmonar.

Há um corte bem amador, mas no segundo seguinte, Stella vira de frente para uma escadaria que reconheço como a entrada principal do hospital. Não é de se estranhar que ela conheça aqui tão bem. Ela praticamente mora nesse lugar.

Sorrio de volta para a garotinha na tela, mesmo que esse corte de edição seja a coisa mais cafona que já vi. Ela senta num degrau e respira fundo.

— A dra. Hamid me disse que, nesse ritmo, vou precisar de um transplante mais ou menos quando estiver no Ensino Médio. Um transplante não é a cura, mas vai me dar mais tempo de vida! Vou amar viver mais alguns anos, se eu tiver a sorte de conseguir pulmões novos!

Nem me fale, Stella…

Pelo menos ela tem uma chance.

capítulo 3
STELLA

Visto meu AffloVest azul, amarrando-o no meu corpo com a ajuda de Barb. O colete vibratório parece muito com um salva-vidas, exceto pelo controle remoto saindo dele. Por um segundo, eu finjo que é de fato um colete salva-vidas e olho pela janela, me imaginando em Cabo San Lucas, dentro de um barco com Mya e Camila, o sol da tarde brilhando no horizonte.

Gaivotas gorjeando, a areia da praia à distância, os surfistas sem camisa – e então, contra a minha vontade, penso em Will. Num piscar de olhos, Cabo some de vista e as árvores secas do lado de fora do hospital voltam a aparecer.

— Então, o Will... Ele também tem fibrose cística? — pergunto, embora a resposta seja óbvia. Barb me ajuda a colocar a última alça no lugar. Puxo a parte do ombro para o lado de modo que o colete não fique roçando no osso da clavícula.

— Fibrose cística e mais um pouco. B. cepacia. Ele faz parte do novo tratamento experimental com Cevaflomalin. — Ela estica o braço para ligar a máquina e olha para mim.

Arregalo os olhos e encaro o meu frasco enorme de álcool em gel. Fiquei tão perto de Will e ele tem *B. cepacia*? Isso é praticamente uma sentença de morte para quem tem fibrose cística. Com sorte, ele vai viver mais alguns anos.

Isso se ele seguir o tratamento à risca, como eu.

O colete começa a vibrar. Bastante. Consigo sentir o muco dos meus pulmões se soltando aos poucos.

— Se você pegar uma bactéria dessas, adeus pulmões novos — Barb adverte, me encarando. — Fique longe dele.

Faço que sim com a cabeça. Eu com certeza pretendo fazer isso. Preciso desse tempo a mais. Além disso, Will é convencido demais para ser meu tipo.

—O tratamento... — começo a dizer, erguendo minha mão para Barb para pausar a conversa e cuspir o catarro. Ela assente e me entrega uma bacia rosa-clara. Eu cuspo e limpo a boca antes de retomar o assunto. — Quais são as chances dele?

Barb suspira, balançando a cabeça antes de olhar para mim.

— Ninguém sabe. A droga é muito nova.

Mas sua expressão diz tudo. Ficamos em silêncio, exceto pelo ruído da máquina enquanto o colete vibra.

— Tudo pronto. Precisa de alguma coisa antes de eu ir embora?

Eu sorrio e faço um olhar suplicante:

— Um milk-shake?

Barb revira os olhos e coloca as mãos na cintura.

— Era só o que me faltava. Agora eu também faço serviço de quarto?

— Preciso aproveitar as vantagens desse lugar, Barb — digo, o que a faz rir.

Ela sai e eu me recosto na cama, meu corpo todo vibrando com o AffloVest. Meu pensamento viaja e eu vejo o reflexo de Will no vidro da UTI, parado bem atrás de mim, um sorriso debochado no rosto.

B. cepacia. Complicado.

Mas andar pelo hospital sem máscara? Não me surpreende ele ter contraído a bactéria, fazendo coisas desse tipo. Perdi as contas de quanta gente igual a ele já encontrei por aqui. O tipo despreocupado e valentão, tentando desesperadamente desafiar o diagnóstico antes que tudo acabe. Não é nem original.

— Tá legal — Barb diz, me trazendo não um, mas *dois* milk-shakes, sendo a rainha que ela é. — Isso deve segurar um pouco a sua fome.

Ela coloca os copos ao meu lado e eu sorrio ao observar seus olhos castanho-escuros tão familiares.

— Valeu, Barb.

Ela assente e acaricia de leve a minha cabeça antes de sair.

— Boa noite, meu amor. Até amanhã.

Eu me sento e fico olhando pela janela, cuspindo mais e mais catarro enquanto o colete faz seu trabalho de limpar minhas vias aéreas. Meu olhar vai até o desenho dos pulmões e a foto pendurada ao lado dele. Sinto uma dor no peito que não tem nada a ver com o tratamento ao pensar na minha cama de verdade. Meus pais. Abby. Pego o celular e vejo uma mensagem do meu pai. É uma foto de seu velho violão encostado na mesa de cabeceira antiga do seu novo apartamento. Ele passou o dia inteiro arrumando tudo depois de eu insistir que fizesse isso em vez de me levar para o hospital. Ele fingiu não estar aliviado, assim como eu fingi que minha mãe me levaria, para que ele não se sentisse culpado.

Tem sido um festival de fingimentos desde o divórcio mais ridículo de todos os tempos.

Já faz seis meses, e eles ainda não conseguem olhar na cara um do outro.

Por algum motivo, sinto uma vontade enorme de ouvir sua voz. Toco nas informações de contato dele e quase aperto o botão verde de chamada, mas desisto no último segundo. Nunca ligo no primeiro dia de internação, e toda a tosse que o AffloVest provoca só o deixaria nervoso. Ele continua me mandando mensagem de hora em hora para saber como eu estou.

Não quero preocupar meus pais. *Não posso preocupá-los.*

Melhor esperar até amanhã.

Meus olhos se abrem na manhã seguinte procurando o que me acordou, e vejo meu celular vibrando alto no chão, depois de cair da mesa de cabeceira. Com os olhos entreabertos, vejo os copos vazios de milk-shake e os potinhos vazios de flã de chocolate, ocupando praticamente a mesa toda. Não me estranha que o celular tenha caído.

Se somos sessenta por cento água, meus outros quarenta por cento definitivamente são flã.

Com um gemido, estico o braço até o chão para pegar o celular, sentindo uma queimação na pele em volta do acesso da sonda. Levanto cuidadosamente a camiseta para soltar o tubo e fico surpresa ao ver que a pele ao redor do buraco está ainda mais vermelha e inflamada do que antes.

Isso não é bom. Geralmente, essas irritações na pele costumam diminuir com um pouco de Fucidin, mas minha aplicação de ontem parece não ter feito diferença.

Passo um pouco mais da pomada na ferida, na esperança de que a marca fique mais clara, e acrescento uma observação à minha lista de tarefas para não esquecer de monitorá-la antes de ver as minhas notificações no celular. Tenho algumas fotos no Snapchat de Mya e Camila, as duas com sono mas felizes ao embarcarem no avião hoje de manhã. Meus pais me mandaram mensagens perguntando como passei a noite, se estou me sentindo bem e pedindo para ligar para eles quando eu acordasse.

Estou prestes a responder os dois quando meu celular vibra. Desbloqueio a tela e vejo uma mensagem de Poe:

Acordada?

Respondo rápido, perguntando se ele quer tomar o nosso café da manhã típico daqui a vinte minutos. Logo em seguida, deixo o celular de lado e me viro na cama para pegar o notebook.

Menos de um segundo depois, meu celular vibra com a resposta dele:

Siiiim!

Sorrio e aperto o botão ao lado da minha cama para chamar a enfermeira. A voz amigável de Julie ressoa no alto-falante:

— Bom dia, Stella! Tudo bem?

— Tudo. Posso tomar o café da manhã? — pergunto, ligando o notebook.

— Deixa comigo!

De acordo com o relógio do computador, são nove horas. Puxo o carrinho de remédios mais para perto, olhando as etiquetas coloridas que colei nos frascos dos medicamentos ontem. Sorrio para mim mesma, percebendo que, amanhã, depois que a versão beta do meu aplicativo estiver funcionando, vou receber no celular uma notificação me lembrando de tomar os remédios da manhã, com o horário e a dosagem certa.

Quase *um ano* de trabalho duro finalmente terminando. Um aplicativo para todas as doenças crônicas, com prontuários médicos, horários e informações sobre as dosagens.

Tomo os comprimidos, abro o Skype e verifico a lista de contatos para ver se meus pais estão on-line. Vejo o status ativo do meu pai e clico no botão da chamada, aguardando enquanto o toque soa ruidosamente.

Seu rosto aparece na tela enquanto ele coloca os óculos de aro grosso na frente dos olhos cansados. Percebo que ele ainda está de pijama, seu cabelo grisalho apontando para todas as direções e um travesseiro embolado atrás dele. Meu pai sempre acordou cedo. Sempre pulou da cama antes das sete e meia, toda manhã, mesmo nos fins de semana.

A preocupação começa a me corroer por dentro.

— Você precisa fazer a barba — digo, observando os pelos incomuns que cobrem seu queixo. Meu pai sempre andou com a barba feita, exceto por um inverno no meu ensino fundamental, quando ele passou por sua fase da barba.

Ele dá uma risada, esfregando o queixo áspero.

— Você precisa de um pulmão novo. Ganhei!

Reviro os olhos enquanto meu pai ri da própria piada.

— Como foi o show?

Ele dá de ombros.

— Ah, você sabe...

— Estou tão feliz por você estar se apresentando de novo — digo com alegria, tentando ao máximo demonstrar otimismo.

— A inflamação na garganta melhorou? — ele pergunta com um olhar de preocupação.

Faço que sim com a cabeça, engolindo para confirmar que a dor começou a melhorar.

— Um milhão de vezes melhor — Vejo o alívio em seus olhos e mudo rapidamente de assunto antes que ele me pergunte mais alguma coisa sobre o tratamento. — E como está o novo apartamento?

Ele responde com um sorriso exagerado.

— É ótimo! Tem uma cama *e* um banheiro — Seu sorriso desaparece aos poucos e ele dá de ombros. — E só. Tenho certeza que a casa da sua mãe é mais legal. Ela sempre conseguiu transformar qualquer lugar num lar.

— Talvez se você ligasse pra ela…

Ele faz que não com a cabeça e me interrompe:

— Vamos mudar de assunto. É sério, está tudo bem, meu amor. O lugar é ótimo, e eu tenho você e o meu violão! Do que mais eu preciso?

Sinto um nó no estômago, mas, na mesma hora, ouço uma batida na porta e Julie entra, segurando uma bandeja verde-escura com uma pilha de comida.

Meu pai a vê e se anima.

— Julie! E aí, como você está?

Ela coloca a bandeja na mesa de cabeceira e mostra a barriga. Para alguém que passou os últimos cinco anos insistindo que nunca teria um filho, ela parece estranhamente ansiosa para ter um filho.

— Bastante ocupada, pelo visto — meu pai diz, com um sorriso enorme.

— Falo com você mais tarde, pai — digo, movendo o cursor para o botão de encerrar a ligação. — Te amo.

46 Rachael Lippincott

Ele acena para mim antes de a chamada terminar. O cheiro do ovo e do bacon viaja pelo quarto, um milk-shake de chocolate gigante ao lado do prato.

— Precisa de mais alguma coisa, Stell? Quer companhia?

Olho para a barriga de Julie e faço que não com a cabeça, surpresa ao sentir uma onda de desprezo invadir meu peito. Eu amo a Julie, mas não estou com a mínima vontade de falar sobre sua nova família quando a minha está desmoronando.

— O Poe vai me ligar daqui a pouco.

Bem na hora, meu notebook faz um barulho e a foto de Poe surge, o símbolo verde do telefone aparecendo na tela. Julie esfrega a barriga, me lançando um olhar estranho seguido de um sorriso confuso, seus lábios comprimidos.

— Tudo bem. Divirtam-se!

Pressiono o botão de atender e o rosto de Poe aparece aos poucos, as sobrancelhas espessas e escuras pairando sobre os olhos castanhos e quentes que conheço tão bem. Ele cortou o cabelo desde a última vez que o vi. Ficou mais curto. Mais limpo. Ele abre um sorriso de orelha a orelha e eu tento retribuir, mas acaba parecendo mais uma careta.

A imagem do meu pai não sai da minha cabeça. Triste e sozinho, na cama, com rugas fundas e visivelmente exausto.

E eu não posso nem sair daqui para fazer uma visita.

— Oi, *mami*! Você está ACABADA — ele comenta, deixando o copo de milk-shake de lado e me olhando com os olhos semicerrados. — Andou se entupindo de flã de chocolate de novo?

Eu sei que essa é a parte em que devo rir, mas parece que minha cota de hoje já se esgotou. E não são nem nove e meia ainda.

Poe franze a testa.

— Ah, não. O que foi? É a viagem pra Cabo? Você sabe que não dá pra brincar com queimadura de sol.

Faço um sinal com a mão para ele deixar o assunto para lá e ergo a minha bandeja tipo apresentadora de televisão para mostrar o meu café da manhã de lenhador. Ovos, bacon, batatas e um milk-shake. O cardápio típico dos nossos cafés da manhã.

Poe me olha, desafiador, como se eu não fosse escapar do outro assunto, mas não resiste e me mostra a bandeja de comida idêntica à minha – com exceção dos ovos, que vieram com cebolinha, salsa e... espera aí.

Trufas!

— Poe, o que você fez pra conseguir essas trufas?

Ele ergue as sobrancelhas, sorrindo.

— É você quem tem que trazer, *mi hija* — ele responde, virando a câmera para me mostrar um carrinho de remédios que ele transformou numa prateleira de tempero meticulosamente organizada. Em vez dos remédios, o carrinho está cheio de vidros de temperos e outras especiarias, debaixo do santuário que fez para seu skatista favorito, Paul Rodriguez, e de toda a seleção colombiana de futebol. Típico Poe. Comida, skate e futebol são, de LONGE, suas três coisas favoritas.

Poe tem camisas de futebol suficientes penduradas na parede para vestir todos os pacientes com fibrose cística deste andar e organizar uma pelada bem Série B – se a Série B não tivesse força cardiovascular.

A câmera volta para Poe e eu vejo o tórax de Gordon Ramsay atrás dele.

— Mas antes... os aperitivos! — Ele levanta e mostra um punhado de comprimidos que devemos tomar antes das refeições para ajudar o nosso corpo a digerir a comida.

— A melhor parte de qualquer refeição — digo com sarcasmo, pegando um punhado de comprimidos vermelho e branco de um copinho de plástico ao lado da minha bandeja.

— Bom — ele diz depois de engolir o último. — Já que não vamos falar sobre você, vamos falar sobre mim, então. Estou solteiro! Pronto pra…

— Você terminou com o Michael? — pergunto, incrédula. — Poe!

Ele toma um gole do seu milk-shake.

— Talvez ele tenha terminado comigo.

— E foi ele mesmo?

— Sim. Bom, foi mútuo — ele confessa antes de suspirar e balançar a cabeça. —Ah, que se dane. Fui eu que terminei.

Franzo a testa. Eles eram perfeitos um para o outro. Michael gostava de skate e tinha um blog superfamoso sobre comida que Poe vinha acompanhando religiosamente há três anos, antes de eles se conhecerem pessoalmente. Michael era diferente dos outros que Poe tinha namorado. Ele parecia mais velho, embora tivesse acabado de completar dezoito anos. Mas o mais importante era que, com ele, Poe era um cara diferente.

— Você gostava mesmo dele, Poe. Achei que ele era *O cara*.

Mas eu deveria ter adivinhado. Poe poderia escrever um livro sobre problemas com compromisso. Mesmo assim, isso nunca o impediu de continuar procurando por uma grande paixão. Antes de Michael foi Tim, e na semana que vem pode ser um David. Para ser sincera, tenho um pouco de inveja dele e dos seus romances selvagens.

Nunca me apaixonei. Tyler Paul com certeza não conta. Mas, mesmo que eu tivesse a oportunidade, não posso me dar ao luxo de namorar agora. Preciso me manter concentrada. Viva. Passar pelo transplante. Reduzir a tristeza dos meus pais. É praticamente um trabalho em tempo integral. E definitivamente nem um pouco sexy.

— É, mas não era — explica Poe, como se o assunto não fosse importante. — Foda-se ele, né?

— Bom, pelo menos você pôde fazer isso, né? — comento e dou de ombros enquanto pego os ovos para comer. É como se eu pudesse ver a risadinha sarcástica de Will ontem, quando disse a ele que já tinha transado. Idiota.

Poe ri no meio do gole do milk-shake, mas ele o cospe e começa a engasgar. Seus monitores começam a apitar enquanto ele se esforça para recuperar o fôlego.

Ah, meu Deus. Não, não, não. Dou um pulo.

— Poe!

Empurro o notebook para o lado e disparo até o corredor conforme ouço o alarme no posto da enfermagem tocando e o medo invade cada poro da minha pele. Em algum lugar, uma voz grita:

— Quarto 310! Nível de oxigênio no sangue em queda livre. Dessaturação!

Dessaturação. Ele não consegue respirar, ele não consegue respirar.

— Ele está engasgando! Poe está engasgando — grito para as enfermeiras, meus olhos cheios de lágrimas enquanto corro atrás de Julie pelo corredor, colocando a máscara no rosto pelo meio do caminho. Ela empurra a porta com tudo na minha frente e vai até os aparelhos. Estou com medo de olhar. Estou com medo de ver o Poe sofrendo. Estou com medo de ver o Poe…

Bem.

Ele está bem, sentado na cadeira como se nada tivesse acontecido.

Uma onda de alívio invade meu corpo como uma descarga elétrica e eu começo a suar frio. Poe olha de mim para Julie, envergonhado, enquanto segura o oxímetro na ponta do dedo.

— Desculpa! Desconectei sem querer. Esqueci de ligar de volta depois que saí do banho.

Solto o ar devagar, e só então percebo que estava prendendo a respiração esse tempo todo. O que é muito difícil de se fazer quando seus pulmões mal funcionam.

Julie recosta na parede, aparentemente tão assustada quanto eu.

— Poe. Pelo amor de Deus. Quando o seu nível de O^2 cai desse jeito... — ela adverte, balançando a cabeça — Só coloque o aparelho de volta.

— Eu não preciso mais dele, Jules — Poe afirma, olhando para ela. — Deixa eu tirar.

— De jeito nenhum. Sua capacidade pulmonar está péssima agora. Precisamos ficar de olho, então você não pode tirar essa droga de jeito nenhum — Ela respira fundo, segurando uma fita adesiva para ele poder colocar o sensor de volta. — Por favor.

Poe solta um suspiro alto, mas reconecta o oxímetro da ponta do dedo ao sensor preso ao seu pulso, que mede a quantidade de oxigênio no sangue.

Faço que sim com a cabeça, finalmente começando a recuperar o fôlego.

— Eu concordo, Poe. Deixa esse negócio ligado.

Ele olha para mim enquanto coloca o sensor no dedo do meio e o levanta para mim, sorrindo.

Reviro os olhos e olho para o corredor na direção do quarto daquele idiota: 315. A porta está bem fechada apesar de toda a agitação, um feixe de luz brilhando pela fresta. Ele não vai nem se dar ao trabalho de colocar a cabeça para fora para ver se está todo mundo bem? A situação toda foi praticamente uma chamada de evacuação do andar. Todo mundo abriu a porta do quarto para ver o que tinha acontecido. Mexo no meu cabelo, nervosa, e percebo que Poe me observa com as sobrancelhas erguidas.

— Tentando chamar a atenção de alguém?

— Para de ser ridículo. — Fecho a cara e Julie e Poe me olham com curiosidade. Aponto para a comida. — Você vai desperdiçar suas trufas nesse ovo frio — digo antes de sair correndo pelo corredor para terminar a nossa conversa matinal. Quanto mais espaço entre o quarto 315 e eu, melhor.

capítulo 4
WILL

Esfrego os olhos, com sono, e clico em outro vídeo, meus ovos e bacon – comidos pela metade – já frios na mesa ao meu lado. Passei a noite toda acordado assistindo aos vídeos dela, um atrás do outro. Foi uma maratona de Stella Grant, mesmo com o tema chato que é fibrose cística.

Dou uma espiada na barra lateral e clico no próximo.

Esse é do ano passado, com a iluminação ridiculamente escura, exceto pelo flash da câmera do celular. Parece um evento para arrecadar dinheiro dentro de um bar muito mal iluminado. No palco, há um cartaz enorme pendurado que diz: "SALVE O PLANETA – APOIE O DIA DA TERRA".

A câmera foca em um homem tocando violão, sentado num banco de madeira, enquanto uma garota de cabelo castanho e encaracolado canta. Reconheço os dois dos vídeos que já assisti.

O pai de Stella e a irmã dela, Abby.

O foco muda para Stella, que dá um sorriso enorme, seus dentes tão brancos e perfeitos quanto eu imaginava. Ela está maquiada, e eu me surpreendo ao ver como ela fica diferente assim. Mas não é por causa da maquiagem. Ela está mais feliz. Mais calma. Não como ela foi pessoalmente.

Até a cânula no nariz fica bem quando ela sorri assim.

— Meu pai e Abby! Roubando a cena! Se eu morrer antes dos vinte e um, pelo menos vou poder dizer que estive num bar. — Stella vira a câmera para mostrar uma mulher mais velha, com o mesmo cabelo castanho que ela, sentada num banquinho vermelho e lustroso. Sua mãe. — Diz "oi", mãe!

A mulher dá um tchauzinho e sorri para a câmera.

Uma garçonete passa pela mesa deles e Stella a chama.

— Ah, sim. Vou querer um uísque, por favor. Puro.

Dou uma risada abafada quando a mãe dela grita:

— Não vai, não!

— Aaaaah, boa tentativa, Stella — digo, rindo.

Uma luz forte aparece, iluminando o rosto de todos eles.

A música de fundo termina e Stella começa a bater palmas, virando a câmera para mostrar sua irmã, Abby, sorrindo para ela do palco.

— A minha irmãzinha Stella está aqui hoje à noite… — Abby diz, apontando para Stella — Porque, como se não bastasse lutar pela própria vida, ela quer salvar o planeta também! Anda, mostra o seu talento, Stella!

A voz de Stella soa confusa e surpresa nos meus alto-falantes.

— Hum, vocês armaram isso?

A câmera volta para a mãe dela, que sorri. Sim, claramente armaram.

— Vai lá, querida! Eu filmo — ela oferece, e tudo fica fora de foco enquanto Stella entrega a câmera para sua mãe.

Todos aplaudem quando Stella entra no palco arrastando seu oxigênio portátil. Abby a acompanha nos degraus e as duas ficam no centro do palco. Stella ajusta a cânula, nervosa, enquanto o pai entrega um microfone para ela. Olhando para a multidão, ela diz:

— É a primeira vez que eu faço isso... Pra uma plateia, pelo menos. Não riam!

Então, naturalmente, todos riem, incluindo a própria Stella. Mas a risada dela é de nervosismo.

Ela olha para a irmã, preocupada. Abby diz algo baixinho que o microfone quase não capta:

— *Um alqueire e um celamim.*

O que *isso* significa?

Seja lá qual for a resposta, funciona, e o nervosismo de Stella desaparece feito mágica. O pai começa a dedilhar no violão e eu começo a cantarolar de boca fechada, antes mesmo de o meu cérebro registrar o que eles estão cantando. Todo mundo na plateia acompanha o acorde, mexendo seus corpos de um lado para o outro, batendo os pés no chão de acordo com o ritmo.

— *Ouvi dizer que havia um acorde secreto*[1]...

Uau. As duas *realmente* cantam.

A irmã tem uma voz forte, clara e poderosa, enquanto a de Stella é mais baixinha, calma, suave do jeito certo.

Aperto o botão de pausa quando a câmera fecha no rosto de Stella, observando todos os seus traços em evidência sob a luz dos holofotes. Livre, despreocupada, sorridente e *feliz* no palco, ao lado da irmã e do pai. Me pergunto o motivo pelo qual ela estava tão... tensa ontem.

Passo a mão na minha cabeça, observando o cabelo longo dela, sua clavícula, o jeito que seus olhos castanhos brilham

---

[1] N.E.: Tradução livre de *Now I've heard there was a secret chord*, verso da música "Hallelujah", de Leonard Cohen.

quando ela sorri. A adrenalina que sente deixa seu rosto um pouco vermelho, a bochecha rosada.

Não vou mentir. Ela é bonita.

Muito bonita.

Desvio o olhar e… espera. Não pode ser. Passo o cursor em cima dos números.

— Cem mil visualizações? É sério?

Quem *é* essa garota?

Nem uma hora depois, meu primeiro cochilo matutino após uma noite sem dormir é interrompido primeiro por um alarme estridente que toca no final do corredor, depois pela visita da minha mãe e da dra. Hamid. Entediado, abafo um bocejo e olho para o jardim vazio, o vento gelado e a previsão de neve provavelmente trancando todos em casa.

Neve. Pelo menos uma coisa boa pela qual esperar.

Encosto a cabeça contra o vidro gelado, ansioso para ver o mundo lá fora revestido por um cobertor branco. Não encosto em neve desde a primeira vez que a minha mãe me mandou para um centro de tratamento para servir de cobaia de uma droga experimental que combate a B. cepacia. Foi na Suécia, e eles vinham aperfeiçoando essa coisa por cinco anos.

Obviamente não estava perfeita o suficiente, porque eu fiquei lá umas duas semanas e voltei para casa.

A essa altura, já não me lembro muito de como foi essa internação em particular. A única coisa que lembro da maioria das minhas visitas aos hospitais é a cor branca. Lençóis brancos, paredes brancas, jalecos brancos por todos os lados. Mas também me lembro da quantidade de neve que caía enquanto eu estava internado lá, neve da mesma cor de tudo no hospital, só que mais bonita, natural, menos estéril. Real. Sempre sonhei em poder esquiar nos Alpes, mas com os pulmões que tenho, seria a morte. A única neve que consegui tocar na minha vida foi a que se acumulou no teto da Mercedes que a minha mãe alugou uma vez.

— Will — minha mãe diz de repente, interrompendo meu devaneio. — Está ouvindo?

Ela está falando sério?

Viro a cabeça para olhar para a minha mãe e para a dra. Hamid e faço que sim com a cabeça feito um fantoche, mesmo não tendo escutado nem sequer uma palavra esse tempo todo. As duas estão analisando os primeiros resultados do meu tratamento desde que entrei aqui no hospital e, como sempre, nada mudou.

— Precisamos ter paciência — afirma a dra. Hamid. — A primeira fase dos testes em humanos começou há apenas dezoito meses. — Olho para a minha mãe, que assente de forma entusiasmada, fazendo o cabelo loiro se mover para cima e para baixo no mesmo ritmo das palavras da médica.

Me pergunto quantos pauzinhos minha mãe teve de mexer e quanto dinheiro ela jogou fora para me enfiar nisso.

— Estamos monitorando ele, mas o Will precisa nos ajudar. Ele precisa deixar as variáveis em sua vida no mínimo. — Ela olha para mim, seu rosto magro e sério. — Will, os riscos de infecção cruzada são ainda maiores agora, então...

Eu a interrompo:

— "Não tussa em ninguém com FC". Já entendi.

Suas sobrancelhas pretas se juntam quando ela franze a testa.

— Não se aproxime de nenhum deles. Pela segurança deles e pela sua também.

Ergo a mão simulando um sinal de juramento, e declaro o que poderia ser o lema dos pacientes com fibrose cística:

— Seis passos de distância, sempre.

A médica assente.

— Você pegou a ideia.

— O que eu peguei é B. cepacia, então essa conversa é inútil. — Isso não vai mudar tão cedo.

— Nada é impossível — a dra. Hamid exclama, entusiasmada. Minha mãe se delicia com essa frase. — Eu acredito nisso. E você precisa acreditar também.

Abro um sorriso bem forçado e faço um joinha com a mão, antes de virar o dedo para baixo, o sorriso sumindo. Quanta besteira.

A dra. Hamid pigarreia e olha para a minha mãe.

— Certo. Vou deixá-lo com você.

— Obrigada, dra. Hamid — minha mãe agradece, apertando a mão dela com entusiasmo como se tivesse acabado de conseguir um acordo para um cliente particularmente difícil.

A dra. Hamid olha para mim com um sorrisinho discreto antes de sair. Minha mãe se vira para me olhar, seus olhos azuis perfurantes e a voz trêmula:

— Me esforcei *muito* pra trazer você pra esse tratamento, Will.

Se por "esforço" ela quer dizer fazer um cheque que poderia pagar a faculdade de uma vizinhança inteira, mal sabe ela que a única coisa que fez foi se esforçar para me transformar numa placa de petri humana.

— O que você quer? Que eu te agradeça por me trancafiar dentro de outro hospital, desperdiçando o meu tempo? — Levanto e a encaro de pé. — Daqui a duas semanas faço dezoito anos. Um adulto, pela lei. Você não vai mais ter esse poder.

Ela parece surpresa por um segundo, mas depois semicerra os olhos e me encara. Então ela pega seu casaco, o último lançamento da Prada, pendurado no encosto da cadeira ao lado da porta, veste e me olha de novo.

— Te vejo no seu aniversário.

Me encosto no batente da porta, observando-a ir embora, ouvindo o salto bater no chão. Minha mãe para no posto da enfermagem, onde Barb está folheando alguns papéis.

— Barb, certo? Vou te dar meu número. — Escuto-a dizendo enquanto abre a bolsa e tira a carteira de dentro. — Se o Cevaflomalin não funcionar, o Will pode... dar um pouco de trabalho.

Como Barb não diz nada, minha mãe pega um cartão de visitas e entrega a ela.

— Ele já se decepcionou tanto com os tratamentos que acha que esse também não vai funcionar. Se ele não estiver cooperando, você me liga?

Ela põe o cartão de visitas em cima do balcão antes de jogar uma nota de cem em cima dele, como se estivesse no caixa de um restaurante chique e eu fosse a mesa que requer um "tratamento especial". Uau. Ótimo.

Barb encara o dinheiro e levanta uma sobrancelha para a minha mãe.

— Fui indelicada, não fui? Desculpa. É que já passamos por tanta coisa que... — A voz da minha mãe vacila e eu observo quando Barb pega o cartão de visitas e o dinheiro do balcão, encarando-a com o mesmo olhar que usa quando me força a tomar algum remédio.

— Não se preocupe. Ele está em boas mãos. — Barb enfia os cem dólares de volta na mão da minha mãe e guarda o cartão de visitas no bolso, olhando por cima dos ombros dela e me vendo.

Volto para o quarto rapidamente, fecho a porta e puxo a gola da camiseta com força.

Ando de um lado para o outro e volto a sentar na cama. Depois vou para a janela e abro as persianas, sentindo as paredes se fechando contra mim.

Preciso sair. Preciso de ar que não tenha cheiro de antisséptico.

Abro a porta do armário, pego uma blusa com capuz, visto o mais rápido que posso e olho para o posto da enfermagem para saber se a barra está limpa.

Nenhum sinal de Barb nem da minha mãe, mas Julie está ao telefone atrás do balcão, entre mim e a porta da única escadaria deste prédio que leva ao telhado.

Fecho a porta com cuidado para não fazer barulho e caminho na ponta dos pés pelo corredor. Ao passar pelo posto da enfermagem, me abaixo o máximo que posso, mas um cara de quase dois metros tentando se esconder é tão sutil quanto um elefante vendado. Julie olha para mim e eu me encosto na parede, fingindo me camuflar. Ela estreita os olhos e afasta o telefone da boca para falar:

— Aonde você pensa que vai?

Faço uma mímica com os dedos, respondendo que vou dar uma volta.

Ela faz que não com a cabeça, sabendo que estou confinado na ala da fibrose cística desde a semana passada, quando peguei no sono no meio das máquinas de comida do Edifício 2 e causei uma "caça ao doente" por todo o hospital. Faço um gesto de súplica com as mãos, torcendo para que o desespero que estou exalando a convença.

A princípio, nada. Julie mantém a expressão firme e o olhar inflexível. Depois, ela revira os olhos e me joga uma máscara antes de me dar um tchauzinho e a chave para a minha liberdade.

Graças a Deus. Preciso sair desse inferno branco mais do que qualquer outra coisa.

Pisco para Julie. Pelo menos ela tem um pouco de humanidade.

Empurrando a porta pesada que dá para a escada, saio da ala da fibrose cística e subo os degraus de dois em dois, mesmo sentindo os pulmões queimarem logo depois do primeiro andar. Tossindo, agarro o corrimão de metal, passando pelo quarto, quinto e sexto andares até finalmente chegar a uma enorme porta vermelha com um aviso estampado: "SAÍDA DE EMERGÊNCIA. O ALARME SOARÁ QUANDO FOR ABERTA".

Pego minha carteira no bolso de trás, tirando de dentro dela a nota de um dólar bem dobrada que uso para momentos como esse. Estico o braço e enfio a nota no sensor do alarme para ele não disparar. Depois, abro uma frestinha da porta e me esgueiro para o telhado.

Abaixo para colocar minha carteira entre a porta e o chão para mantê-la aberta e evitar problemas. Aprendi isso da pior maneira possível.

Minha mãe teria um infarto se visse que estou usando a carteira da Louis Vuitton que ela me deu há alguns meses como apoio de porta, mas foi uma péssima ideia dar um presente desses para uma pessoa que só frequenta lanchonetes de hospital.

Pelo menos ela serve de peso de porta.

Levanto e respiro fundo, automaticamente começando a tossir ao sentir o ar gelado do inverno entrar nos meus pulmões. Mas é ótimo estar do lado de fora. Não estar preso entre paredes monocromáticas.

Espreguiço e olho para o céu cinzento, os já esperados flocos de neve flutuando pelo ar e pousando na minha bochecha e cabelo. Com cuidado, caminho até a beirada do telhado e sento numa pedra coberta de gelo, balançando minhas pernas suspensas. Inspiro e solto o ar como se estivesse segurando-o desde o dia em que cheguei aqui, há duas semanas.

Daqui de cima, tudo é lindo.

Qualquer que seja o hospital para aonde eu vá, sempre tento achar um jeito de chegar ao telhado ou à cobertura.

Já vi desfiles de blocos de Carnaval no Brasil, vendo, lá do alto, as pessoas parecendo formiguinhas coloridas, dançando livremente, se divertindo pelas ruas. Já vi a França dormir, a Torre Eiffel reluzindo no horizonte, as luzes dos prédios baixos apagando aos poucos, restando apenas a luminosidade da lua. Já vi as praias da Califórnia, com quilômetros e mais quilômetros de extensão de água, as pessoas se refrescando nas ondas perfeitas logo de manhã.

Cada lugar é diferente. Cada lugar é único. São os hospitais de onde os observo que não mudam.

Essa cidade não é exatamente animada, mas parece pacata e aconchegante. Isso talvez fosse motivo para eu me sentir mais confortável, mas só está me deixando mais inquieto. Provavelmente porque, pela primeira vez depois de oito meses, estou perto de casa. *Casa*. Onde Hope e Jason estão. Onde meus amigos da escola, aos poucos, vão se aproximando das provas finais e se preparando para entrar em qualquer uma das universidades da Ivy League que os pais vão escolher para eles. É onde o meu quarto – minha porcaria de vida, na verdade – continua vazio e não vivido.

Observo os faróis dos carros que passam pela rua do hospital, as luzes de Natal cintilando ao longe e a risada das crianças correndo na superfície do lago congelado ao lado de um pequeno parque.

Há uma simplicidade nisso tudo. Um tipo de liberdade que faz as pontas dos meus dedos coçarem.

Lembro de quando costumava ser eu e Jason, escorregando no gelo e descendo a rua da casa dele, o frio perfurando nossos ossos enquanto brincávamos. Ficávamos fora por horas, disputando quem conseguia deslizar mais tempo no gelo sem cair, atirando bolas de neve um no outro e fazendo anjos na neve.

Aproveitávamos cada minuto até minha mãe invariavelmente aparecer e me arrastar para dentro de casa.

As luzes do pátio do hospital acendem. Olho para baixo e vejo uma garota sentada, dentro do seu quarto, no terceiro andar, digitando num notebook e usando um fone de ouvido enquanto se concentra na tela.

Espera aí.

Olho mais atentamente. Stella.

O vento gelado balança o meu cabelo e eu coloco o capuz, observando seu rosto enquanto ela digita. No que ela pode estar trabalhando em pleno sábado à noite?

Ela estava tão diferente nos vídeos que assisti. Eu me pergunto o que mudou. Será a doença? Todas as internações? Os remédios, tratamentos, essas paredes brancas e insossas que, em doses homeopáticas, pressionam e sufocam, dia após dia?

Fico de pé, me equilibrando na ponta do telhado, e espio o pátio lá embaixo, a sete andares daqui, imaginando, só por um momento, como deve ser a sensação de ficar suspenso no ar, da queda livre. Vejo Stella olhar pelo vidro, nossos olhares se cruzando bem na hora em que uma rajada de vento parece me roubar totalmente o ar que me resta. Tento respirar fundo para recuperar o fôlego, mas meus pulmões de merda mal absorvem o oxigênio.

O pouco ar que consigo inspirar fica preso na garganta, e eu começo a tossir. *Muito*.

Minha caixa torácica reclama à medida que a tosse rouba cada vez mais ar dos pulmões, meus olhos começando a lacrimejar.

Finalmente, começo a controlar a crise, mas...

Vejo tudo girar e, de repente, minha vista escurece.

Cambaleio, desesperado, tentando recuperar o equilíbrio e caminhar até a porta de saída ou uma parte mais segura do chão, *qualquer coisa* em que possa me jogar. Olho para as minhas mãos, na esperança de que minha visão clareie, que o mundo ao redor volte à cor de sempre. Sei que o ar livre continua ali, a poucos centímetros de distância dos meus pés.

capítulo 5
STELLA

Abro a porta que dá para a escada o mais rápido possível, abotoando minha jaqueta enquanto subo os degraus até o telhado. Meu coração bate tão forte nos ouvidos que mal escuto meus próprios passos enquanto subo.

Ele deve estar louco.

Fico vendo-o parado na beira do telhado, a ponto de despencar, a sete andares do fim de sua história, o medo claro em sua expressão. Nem um pouco parecida com seu sorriso debochado de sempre.

Com o peito chiando, passo pelo quinto andar e faço uma pequena pausa para recuperar o fôlego, agarrando o corrimão frio de metal com minhas mãos suadas. Subo até o último andar, minha cabeça girando e minha garganta queimando. Não tive nem tempo de trazer meu oxigênio portátil. Só mais dois lances de escada. Só mais dois. Eu me obrigo a continuar em frente, meus pés se movendo como se tivessem vida própria: direita, esquerda, direita, esquerda.

Finalmente avisto a porta que dá para o telhado, entreaberta abaixo de um alarme vermelho que parece *pronto* para disparar.

Hesito, olhando do alarme para a porta. Por que ele não disparou quando Will a abriu? Está quebrado?

Então descubro o motivo. Há uma nota de um dólar dobrada e bem em cima do sensor, impedindo o alarme de tocar e de avisar ao hospital inteiro que tem um maluco com fibrose cística e tendências suicidas matando tempo no telhado.

Balanço a cabeça. Will pode ser louco, mas foi esperto.

A porta está aberta graças a uma carteira entre o batente o chão, e, sem pensar muito, empurro-a o mais rápido possível, tomando cuidado para não deixar a nota cair do sensor. Fico paralisada, respirando de verdade pela primeira vez após quarenta e oito degraus. Olho pelo telhado e fico aliviada ao ver que ele está a uma distância segura da beirada e não caiu para a morte. Ele se vira para mim quando meu peito chia, uma expressão surpresa em seu rosto. Puxo meu cachecol vermelho para proteger meu rosto e pescoço do vento cortante – olhando mais uma vez para a porta para ter certeza de que a sua carteira continua no mesmo lugar – antes de ir com raiva até ele.

— Você quer morrer? — grito, parando a uma distância segura de mais de dois metros de distância dele. Talvez ele até queira, mas eu, com certeza, não.

Suas bochechas e seu nariz estão vermelhos por conta do frio, e uma fina camada de neve cobre seu cabelo castanho e ondulado escondido debaixo do capuz do moletom vinho. Olhando assim, quase consigo fingir que ele não é tão idiota.

Mas aí ele começa a falar.

Ele dá de ombros, casualmente, e aponta para o chão, lá embaixo.

— Meus pulmões estão ferrados. Então vou aproveitar a vista enquanto posso.

Que poético.

Por que eu deveria esperar algo diferente?

Olho por cima de seus ombros e vejo a cidade cintilando no horizonte, as luzes dos pisca-piscas cobrindo cada centímetro de cada árvore do parque, mais brilhantes do que nunca. Há até algumas presas de uma árvore a outra, formando um caminho mágico, para que as pessoas passem por baixo e olhem para cima, maravilhadas.

Em todos os meus anos aqui, eu nunca tinha vindo ao telhado. Tremendo, me encolho dentro da jaqueta, me abraçando enquanto olho para Will mais uma vez.

— Por mais bonita que seja a paisagem, por que alguém se arriscaria a despencar de sete andares? — pergunto, genuinamente tentando imaginar o que faria alguém com pulmões defeituosos fazer um passeio no telhado em pleno auge do inverno.

Os olhos azuis de Will brilham de um jeito que faz meu estômago pular.

— Você já viu Paris de um telhado, Stella? Ou Roma? Ou até essa cidade aqui? É a única coisa que faz toda essa merda de tratamento parecer pequena.

— Merda de tratamento? — pergunto, dando dois passos na sua direção. Dois metros, seis passos de distância. O limite. — É essa merda de tratamento que nos mantêm vivos.

Ele desdenha, revirando os olhos.

— Essa merda de tratamento é o que nos impede de estar lá embaixo e realmente viver.

Meu sangue começa a ferver.

— Você tem ideia de como é sortudo por poder fazer parte desse experimento? Você não dá valor pra isso. É só um garoto mimado e riquinho.

— Calma, como você sabe do experimento? Andou perguntando sobre mim?

Ignoro as perguntas dele e continuo:

— Se você não liga, vá embora — retruco. — Dê o seu lugar pra alguém que realmente queira se tratar. Alguém que realmente queira viver.

Eu o encaro, observando a neve caindo entre nós, desaparecendo conforme chega no chão aos nossos pés. Ficamos ali, nos encarando em silêncio, até que ele encolhe os ombros, sua expressão indecifrável. Ele dá um passo para trás, mais uma vez em direção à beirada do telhado.

— Tem razão. Quer dizer, eu estou morrendo mesmo, né?

Estreito os olhos e o observo. Ele não faria isso. Faria?

Mais um passo para trás. E outro. Seus pés esmagam os flocos de neve no chão. Will não tira os olhos dos meus, me desafiando a dizer alguma coisa para impedi-lo. Me desafiando a chamá-lo de volta.

Mais alguns passos para trás. Ele está quase no limite.

Inspiro com força, sentindo o frio arranhar meus pulmões.

Will coloca um pé para fora e eu sinto um nó na garganta. Ele não pode…

— Will! Não! Para — eu grito dando um passo para a frente, meu coração retumbando nos meus ouvidos.

Ele para, uma das pernas suspensa no ar. Mais um passo e ele teria caído. Mais um passo e ele teria…

Nos encaramos em silêncio, seus olhos azuis me observando com curiosidade, interesse. E então ele começa a rir, a gargalhar alto, de um jeito tão familiar quanto um dedo em uma ferida.

— Ah, meu Deus. A sua cara foi impagável — ele me imita — *Will, não! Para!*

— Você está me zoando? Por que você faria isso? Cair de um prédio e morrer não é brincadeira — Sinto meu corpo inteiro tremendo. Cravo as unhas na palma das mãos, tentando conter o tremor enquanto me afasto dele.

— Ah, qual é, Stella — ele chama. — Eu só estava brincando.

Abro a porta do telhado e piso em cima da carteira, tentando me afastar dele o máximo possível. Por que eu me dei ao trabalho? Por que subi esses andares para ver se ele estava bem? Começo a descer os degraus, e então me dou conta... Esqueci de colocar minha máscara.

Eu nunca esqueço minha máscara.

Diminuo o passo e paro completamente no momento em que uma ideia surge em minha mente. Subo as escadas de volta, vou até a porta fechada e, devagar, tiro a nota de um dólar do sensor do alarme, guardando-a no bolso enquanto desço as escadas rumo ao terceiro andar do hospital.

Apoio o corpo contra a parede de tijolos, recuperando o fôlego antes de tirar a jaqueta e o cachecol, abro a porta do corredor e ando até meu quarto, como se tivesse acabado de sair da UTI Neonatal. Ouço o alarme disparar ao longe no mesmo instante em que Will abre a porta para descer as escadas. Mesmo distante, consigo ouvir o alarme ecoando pela escada e pelos corredores.

Não consigo conter a risada.

Julie joga uma pasta azul com prontuário de algum paciente no balcão da enfermaria, balançando a cabeça e murmurando consigo mesma:

— O telhado, Will? Sério?

Bom saber que não sou a única que ele está deixando louca por aqui.

Pela janela, observo a neve caindo lá fora nas luzes fluorescentes do jardim, o corredor finalmente silencioso depois do sermão de uma hora que Will levou. Olhando de relance para o relógio, vejo que ainda são oito da noite, o que quer dizer que tenho tempo suficiente para cuidar do número 14 da minha lista antes de deitar: *preparar o aplicativo para o teste beta*, e do número 15: *completar a tabela de dosagem de diabetes*.

Dou uma olhada rápida no Facebook antes de começar e vejo a notificação do convite para uma viagem de formatura em Cabo San Lucas, sexta-feira à noite. Clico na página e vejo que usaram a descrição que redigi quando ainda estava organizando tudo, e não sei bem se isso faz eu me sentir melhor ou pior. Passo os olhos pela lista de pessoas que confirmaram presença e vejo as fotos de perfil de Camila, Mya e Mason (agora sem Brooke), seguidas de meia dúzia de outras pessoas da minha escola que também já confirmaram presença.

Meu iPad começa a tocar com uma ligação de Camila no FaceTime. É como se soubessem que eu estava pensando nelas. Sorrio e deslizo o dedo para a direita para aceitar a chamada. Quase fico cega quando o brilho do sol e a paisagem de uma praia paradisíaca invadem a tela do tablet.

— O.k., estou oficialmente com inveja — digo quando o rosto queimado de sol de Camila aparece.

Mya tenta aparecer por trás do ombro de Camila, seu cabelo encaracolado surgindo na tela. Ela está com o maiô de bolinhas que eu ajudei a escolher, mas fica claro que não está com tempo para cerimônia.

— Algum cara gato por aí? E não ouse me dizer que...

— Só o Poe — dizemos ao mesmo tempo.

Camila dá de ombros, arrumando os óculos.

— O Poe também conta. Ele é fofo.

Mya faz um som de deboche, cutucando Camila.

— O Poe está cem por cento *não interessado* em você, Camila.

Ela dá um soquinho no braço de Mya e para, me olhando com cara de desconfiada.

— Ai, meu Deus. Tem?! Tem algum cara gato por aí, Stella? Reviro os olhos.

— Ele *não* é gato.

— *Ele* — as duas dão um gritinho de alegria, e posso sentir que há uma avalanche de perguntas vindo.

— Tenho que desligar! Falo com vocês amanhã — digo e desligo a chamada enquanto elas reclamam. O que aconteceu no telhado ainda está fresco na minha memória, e é estranho falar sobre isso. O evento da viagem para Cabo aparece na tela de novo. Paro o mouse em cima da opção "Não comparecerei", mas ainda não consigo fazer isso, então simplesmente fecho o site e acesso o do Visual Studio.

Abro o projeto em que venho trabalhando e começo a classificar linhas e mais linhas de código fonte, já sentindo os meus músculos mais relaxados. Encontro um erro na linha 27, onde coloquei um "c" em vez de um "x" para uma variável, e acrescento um sinal de igual que tinha me esquecido na linha 182, mas, tirando isso, o app parece pronto para a versão beta. Quase não acredito. Vou comemorar com um flã de chocolate mais tarde.

Tento completar a planilha de dosagem de diabetes com as condições crônicas mais prevalentes, classificando-as por idade, peso e medicamentos variados. Mas, pouco tempo depois, me pego encarando as colunas vazias, tamborilando os dedos no notebook, a mente viajando para quilômetros e quilômetros de distância.

Foco.

Estico o braço para pegar meu caderninho de anotações, risco o número 14 e procuro por aquela sensação de alívio que geralmente vem quando cumpro um dos itens da lista, mas ela não vem. Congelo quando o lápis paira sobre o número 15, olhando das colunas e linhas em branco da minha planilha para a tarefa *Completar tabela de dosagem de diabetes.*

Incompleta. Argh.

Jogo o caderno em cima da cama, inquietação e desconforto preenchendo meu estômago. Levanto e caminho até a janela, abrindo as persianas com as mãos.

Meu olhar viaja até o telhado onde Will estava mais cedo. Eu sabia bem quem ia encontrar quando chegasse lá, mas não imaginei que o veria tossindo, trêmulo. Nem com medo.

O senhor "A morte chega para todos" não queria morrer.

Inquieta, vou até meu carrinho de remédios na esperança de que pular para o item "Comprimidos para tomar antes de deitar" da minha lista de tarefas ajude a me acalmar. Meus dedos tocam o metal do carrinho enquanto olho para o mar de frascos, depois pela janela, para o telhado, e para os remédios de novo.

Será que Will está sequer seguindo o tratamento?

Barb pode até forçá-lo a tomar a maioria dos remédios, mas ela não fica o tempo todo com ele, em todas as doses. Ela pode ajudá-lo a vestir seu AffloVest, mas não tem como garantir que Will o mantenha por meia hora.

Ele provavelmente não está seguindo todo o tratamento.

Tento arrumar os medicamentos de acordo com a hora em que os tomo, misturando tudo, os nomes se confundindo. Em vez de me acalmar, me sinto mais e mais frustrada, a raiva crescendo dentro de mim.

Eu luto com a tampa de um expectorante, apertando-o com todas as minhas forças para rosqueá-la.

Não quero que ele morra.

Esse pensamento escala até o topo da montanha da frustração e crava sua bandeira lá, grande e perturbadora, e tão surpreendente que nem sequer a entendo. Não paro de ver Will na beira do telhado. E mesmo que ele seja literalmente o *pior*...

Não quero que ele morra.

Giro a tampa com força e ela sai voando, os comprimidos se espalhando pelo carrinho de remédios. Com raiva, bato o frasco no carrinho, os comprimidos voando pelos ares de novo com a força da minha mão.

— Droga!

capítulo 6
WILL

Abro a porta do quarto e me surpreendo ao ver Stella encostada na parede do outro lado do corredor. Depois do que fiz ontem, achei que ela me evitaria por pelo menos uma semana. Ela está usando umas quatro máscaras no rosto e dois pares de luvas nas mãos, seus dedos segurando com força o corrimão de plástico da parede. Conforme se mexe, sinto um perfume de lavanda.

O cheiro é bom. Provavelmente é só o meu nariz desesperado por outro aroma que não o de água sanitária.

Dou um sorriso.

— Você é minha proctologista?

Ela me lança o que eu suponho ser um olhar de frieza, pelo o que consigo ver de seu rosto, e estica o pescoço para espiar o meu quarto. Olho para trás para ver o que ela está vendo. Livros de arte, o AffloVest na beira da cama da vez que arranquei assim que Barb saiu do quarto, meu caderno de desenho aberto em cima da mesa. Basicamente isso.

— Eu sabia — ela diz, por fim, como quem acaba de achar a resposta de algum mistério saído de uma história do Sherlock Holmes. Ela estica sua mão protegida por duas luvas. — Deixa eu ver seu cronograma.

— Você está brincando, né?

Nos encaramos por um tempo, seus olhos castanhos me fuzilando enquanto tento revidar com uma expressão igualmente ameaçadora. Mas estou entediado, e a curiosidade é mais forte do que eu. Revirando os olhos, dou meia volta, entro no meu quarto e procuro o maldito papel que, a essa altura, deve estar em algum aterro sanitário por aí.

Tiro algumas revistas do caminho e olho embaixo da cama. Folheio algumas páginas do meu caderno de desenhos e até olho embaixo do travesseiro, mas não está em lugar algum.

Eu me endireito e faço que não com a cabeça.

— Não achei. Foi mal. A gente se vê.

Mas Stella não se mexe. Ela cruza os braços, desafiadora, recusando-se a sair.

Então eu continuo procurando, olhando em todos os cantos do quarto enquanto Stella, impaciente, bate o pé no chão do corredor. Não adianta. Esse negócio está... Espera.

Vejo meu outro caderno de desenhos em cima da cômoda, o cronograma amassado na parte de trás dele, dobrado e quase caindo das páginas minúsculas.

Minha mãe deve ter escondido para evitar que ele fosse parar na lixeira.

Pego o papel, vou até a porta do quarto e o entrego para Stella.

— Não que isso seja da sua conta, mas...

Ela arranca o papel da minha mão e apoia as costas contra a parede do outro lado do corredor, lendo com pressa, procurando alguma coisa nas colunas e linhas que transformei em um desenho, imitando um dos níveis do Donkey Kong, enquanto minha mãe e a dra. Hamid conversavam. Fiz as escadas em cima da informação da dosagem, os barris rolando ao redor dos nomes dos remédios, a mocinha, aflita, gritando: "socorro!" no canto esquerdo, ao lado do meu nome. Genial, não?

— O que é… como você… por quê?!

Ela claramente não achou.

— É assim que alguém fica quando está tendo um aneurisma? Devo ligar para a Julie?

Stella empurra o papel de volta para mim, como se estivesse prestes a explodir.

— Olha — começo, levantando as mãos —, saquei que você tem algum tipo de complexo de salvadora do mundo, mas me deixa fora disso.

Ela balança a cabeça.

— Will. Esse tratamento não é opcional. Esses *remédios* não são opcionais.

— E é provavelmente por isso que continuam me empurrando eles goela abaixo. — Para falar a verdade, qualquer coisa pode ser opcional quando se é criativo.

Stella sacode a cabeça, ergue as mãos no ar e sai andando com pressa pelo corredor.

— Você está me deixando louca!

De repente, as palavras da dra. Hamid me veem à mente. *Não chegue perto o suficiente para tocá-los. Pela segurança deles e pela sua.* Pego uma máscara de uma das caixas fechadas que Julie deixou para mim ao lado da porta, coloco-a no bolso e corro atrás de Stella.

Olho de relance para o lado e vejo um garoto baixinho com cabelo castanho, nariz e bochecha grandes, espiando pela porta do quarto 310 com as sobrancelhas arqueadas enquanto sigo Stella até o elevador. Ela chega primeiro, entra e se vira para me encarar enquanto aperta o botão do andar. Dou um passo à frente para entrar, mas ela levanta a mão.

— Dois metros de distância.

Merda.

A porta se fecha, e eu bato o pé no chão de modo impaciente, apertando o botão do elevador repetidamente enquanto observo ele subir até o quinto andar no painel e, depois, devagar, descer até o meu. Olho apreensivo para o posto vazio da enfermagem atrás de mim e, o mais rápido que posso, escorrego para dentro do elevador, socando o botão para fechar a porta. Encaro o meu reflexo embaçado no metal, lembrando da máscara que guardei no bolso e colocando-a enquanto subo até o quinto andar. Isso é ridículo. Por que estou seguindo a Barb Júnior?

Com um tinido, o elevador abre devagar e eu caminho rápido pelo corredor, atravessando a ponte até a UTI Neonatal e desviando de alguns médicos pelo meio do caminho. Eles claramente estão indo para o mesmo lugar, então ninguém me para. Empurrando a porta com cuidado, observo Stella por um momento. Abro a boca para perguntar que merda foi aquela, mas vejo sua expressão fechada. Séria. Paro a uma distância segura dela e acompanho seus olhos até o bebê, mais tubos e fios do que membros.

Vejo o peito pequenino lutando para subir e descer, para continuar respirando. Sinto meus próprios batimentos no meu peito, meus pulmões fracos tentando se encher de ar depois da minha corrida pelo hospital.

— Ela está lutando pela vida — Stella finalmente diz, nossos olhares se encontrando pelo reflexo do vidro. — Ela não sabe o que a espera pela frente, nem pelo que está lutando. É só... instinto, Will. Seu instinto é lutar. Viver.

Instinto.

Perdi esse instinto faz tempo. Talvez tenha sido no meu quinquagésimo hospital, em Berlim. Ou talvez há oito meses, quando contraí B. cepacia e meu nome foi riscado da fila do transplante. Muitas possibilidades.

Cerro a mandíbula.

— Olha, você escolheu o cara errado pra esse seu discurso motivacional...

— Por favor — ela me interrompe, se virando para me encarar com uma quantidade surpreendente de desespero em sua expressão. — Eu preciso que você siga o tratamento. Rigorosa e completamente.

— Acho que não escutei direito. Você disse... por favor?! — pergunto, tentando me esquivar da seriedade dessa conversa. Mas sua expressão continua a mesma. Balanço a cabeça e me aproximo dela, mas não muito. Há algo estranho acontecendo.

— O.k... O que está acontecendo aqui? Prometo não rir.

Ela respira fundo, dando dois passos para trás para compensar o meu para a frente.

— Eu tenho... problemas com controle. Preciso ter certeza de que tudo está em ordem.

— E? O que isso tem a ver comigo?

— Eu sei que você está não seguindo o seu tratamento. — Ela apoia o corpo no vidro e continua olhando para mim. — E isso está me fazendo mal. Muito mal.

Pigarreio e olho para o vidro, para o bebê pequeno e indefeso do outro lado. Sinto uma pontada de culpa, mesmo que isso não faça o menor sentido.

— É, bom, eu adoraria poder te ajudar. Mas o que você está me pedindo... — Balanço a cabeça, dando de ombros. — Bom, não sei como fazer isso.

— Ah, qual é, Will — ela responde, batendo o pé. — Todo portador de fibrose cística sabe administrar o próprio tratamento. Nós somos praticamente médicos aos doze anos.

— Mesmo nós, os mimados e riquinhos? — provoco, puxando e tirando a máscara do rosto. Ela não parece ter achado graça do meu comentário, e continua com cara de frustração e ansiedade. Não sei qual é o verdadeiro problema, mas está claramente acabando com ela. Tem algo além de obsessão por controle. Respiro fundo e paro de brincar:

— Isso é sério? Eu estou te fazendo mal?

Ela não responde e ficamos ali, nos encarando em silêncio, com algo que beira uma trégua entre nós. Finalmente dou um passo para trás, colocando a máscara como uma oferta de paz, e me apoio na parede.

— Tudo bem. O.k. — digo, a encarando. — Se eu aceitar, o que eu ganho com isso?

Ela estreita os olhos, apertando o casaco cinza contra o corpo. Eu a observo, vendo como seu cabelo cai pelos ombros, como seus olhos mostram tudo o que está sentindo.

— Quero te desenhar — deixo as palavras escaparem.

— O quê? — Stella pergunta, fazendo que não com a cabeça, inflexível. — Não.

— Por que não? — insisto. — Você é linda.

Merda. Escapou. Ela me encara, surpresa e, a não ser que eu esteja imaginando, um pouco feliz.

— Obrigada, mas sem chance.

Dou de ombros e começo a caminhar em direção à porta.

— Nada feito, então.

A CINCO PASSOS DE VOCÊ **79**

— Você não consegue ter um pouco de disciplina? Seguir seu tratamento à risca? Nem que seja pra salvar sua própria vida?

Eu paro e me viro para olhá-la. Ela não entende.

— *Nada* pode salvar minha vida, Stella. Ou a sua. — Continuo caminhando pelo corredor e falo por cima do ombro: — Todos nesse mundo respiram ar emprestado.

Empurro a porta e estou prestes a sair quando escuto a voz dela atrás de mim:

— Argh, tudo bem.

Dou meia volta, chocado, e a porta se fecha.

— Mas não pelada — Stella acrescenta. Ela tirou a máscara, e eu consigo ver seus lábios se curvando em um sorriso. O primeiro que me oferece. Ela está fazendo uma piada.

Stella Grant está fazendo uma piada.

Eu rio, balançando a cabeça.

—Ah, eu deveria saber que você encontraria um jeito de acabar com a diversão.

— E nada de posar por muito tempo — ela acrescenta, olhando para a bebê prematura, seu rosto subitamente sério. — E o seu tratamento. Tem que ser do meu jeito.

— Fechado — concordo, sabendo que o que quer que signifique "do meu jeito" vai ser um puta pé no saco. — Eu diria pra fecharmos o acordo com um aperto de mão, mas...

— Muito engraçado — ela responde, me olhando e apontando para a porta em seguida. — A primeira coisa que você precisa fazer é ter um carrinho de remédios no seu quarto.

Bato continência.

— Sim, senhora. Carrinho de remédios no meu quarto.

Abro a porta e dou um sorriso enorme para ela que dura o caminho inteiro até o elevador. Pego o celular e mando uma mensagem de texto para Jason:

Se liga, cara: consegui dobrar aquela garota que te contei.

Jason tem se divertido com as histórias que venho contando sobre ela. Ele chorou de rir quando falei sobre o incidente de ontem com o alarme.

Meu celular vibra com a resposta dele e o elevador diminui a velocidade, parando no terceiro andar:

Deve ter sido essa sua carinha. Com certeza não foi a personalidade encantadora.

Guardo o celular no bolso e olho ao redor para ver se o posto da enfermagem continua vazio antes de sair do elevador. Dou um pulo quando um estrondo ecoa por uma porta aberta.

— Ai. Merda — uma voz vem do lado de dentro do quarto.

Dou uma olhada e vejo o mesmo cara de cabelo escuro de antes, com uma calça de pijama e uma camiseta com estampa da Food Network. Ele está no chão, esfregando o cotovelo ao lado de um skate tombado, claramente pós-tombo.

— Ah, oi — o garoto cumprimenta, levantando do chão e pegando o skate. — Acabou de perder o show.

— Você está fazendo manobras aqui?

Ele dá de ombros.

— Não tem lugar mais seguro pra quebrar uma perna. Além do que, o turno da Barb acabou de terminar.

Um bom argumento.

— Não dá pra discutir com isso — eu rio, erguendo a mão em um aceno. — Sou o Will.

— Poe — ele se apresenta, sorrindo de volta.

Pegamos cadeiras em nossos quartos e ficamos sentados nas nossas respectivas portas. É bom conversar com alguém por aqui que não está bravo comigo o tempo todo.

— E aí, o que te traz ao St. Grace? Nunca te vi por aqui. Eu e a Stell conhecemos praticamente todo mundo.

Stell. Então eles são próximos?

Inclino a cadeira para trás, apoiando o encosto contra o batente da porta, e tento soltar a bomba da B. cepacia com a maior naturalidade possível.

— Participando de um tratamento experimental para B. cepacia.

Eu geralmente evito contar aos portadores de fibrose cística que contraí essa bactéria, porque, depois que conto, eles começam a me evitar como se eu fosse a praga em si.

Poe arregala os olhos mas não se afasta mais. Apenas fica rolando o skate de um lado para o outro com os pés.

— B. cepacia? Que *merda*. Faz quanto tempo que você pegou?

— Uns oito meses — respondo. Lembro de acordar certo dia com mais dificuldade para respirar do que o normal e não conseguir parar de tossir. Minha mãe, obcecada com cada respiração que já tive na vida, me levou direto ao hospital para fazer alguns exames. Ainda consigo ouvir o barulho do salto dela batendo no chão atrás da maca, ela mandando nas pessoas como se fosse a chefe de cirurgia.

Antes de sair o resultado dos exames, achei que era paranoia dela. Ela sempre exagerava quando eu tinha uma crise de tosse ou começava a ficar mais ofegante, me tirando da escola ou me obrigando a cancelar o que quer que eu tivesse planejado só para ir ao médico ou ao hospital sem motivo algum.

Lembro uma vez, na terceira série, quando tive de cantar numa apresentação da escola e comecei a tossir bem no meio da nossa versão bizarra de *This Little Light of Mine*. Minha mãe literalmente interrompeu a apresentação, bem no meio da música, e me arrastou para fora do palco para fazer um check-up.

Mas eu não sabia como as coisas eram boas naquela época. Hoje é muito pior. Um hospital após o outro, um tratamento atrás do outro. Cada semana uma nova tentativa de resolver o problema, de curar o incurável. Um minuto sem um intravenoso ou sem falar sobre o próximo passo do tratamento é um minuto desperdiçado.

Mas nada vai me colocar de volta numa lista de transplante de pulmão. E cada semana a menos é também um tempo a menos para a minha função pulmonar.

— A bactéria colonizou tão rápido — conto para Poe, apoiando as pernas da frente da cadeira de volta no chão. — Num dia, eu estava no topo da lista de transplante. Aí, uma cultura de garganta depois... — Pigarreio, tentando não demonstrar minha frustração e dou de ombros — Tanto faz.

Não adianta ficar pensando no que poderia ter sido.

Poe faz um som de desdém.

— Bom, tenho *certeza* que essa sua atitude — ele imita meu gesto com os ombros e o jeito com que mexo no cabelo —, é o que está deixando a Stella louca.

— Parece que você a conhece bem. O que está acontecendo? Ela disse que é só obcecada por controle, mas...

— Pode chamar do que quiser, mas a Stella sabe bem o que quer da vida. — Ele para de mexer o skate com o pé e abre um sorriso. — Ela definitivamente me mantém na linha.

— Ela é mandona.

— Não, ela é foda mesmo — corrige Poe, e pela cara que ele faz, dá para perceber que está falando sério. — Ela já me viu no meu melhor e no meu pior, cara.

Agora fiquei curioso. Estreito os olhos:

— Vocês já...

— Ficamos? — completa Poe, inclinando a cabeça para trás ao gargalhar. — Nada a ver! Não, não. Não.

Observo Poe. Stella é bonita. E está na cara que ele gosta dela. Muito. Acho difícil que ele não tenha nem *tentado* alguma coisa.

— Quer dizer, primeiro que a gente tem fibrose cística. Nada de toques — ele diz. Dessa vez, ele *me* olha como quem já entendeu alguma coisa. — Não vale a pena morrer por sexo, sinceramente.

Eu rio, balançando a cabeça. Claramente todo mundo nesta ala só fez sexo meia-boca. Por algum motivo, as pessoas acham que quando você contrai uma doença ou tem algum distúrbio, você vira santo.

O que é uma grande mentira.

Para ser sincero, acho que a minha vida sexual pode até ter melhorado depois da fibrose cística. Além do mais, a única vantagem de mudar tanto é que não fico tempo suficiente no mesmo lugar para me apegar a alguém. O Jason parece bem feliz desde que começou com a Hope, mas eu não preciso de mais nada sério na minha vida.

— E, segundo, ela é minha melhor amiga praticamente desde sempre — ele diz, me trazendo de volta à realidade. Posso jurar que seus olhos estão marejados.

— Acho que você ama a Stella — provoco.

— Pode ter certeza que sim. Eu venero aquela garota — Poe responde como se não houvesse dúvida. — Eu deitaria numa cama de brasa quente por ela. Doaria meus dois pulmões, se eles servissem pra alguma coisa.

Merda. Tento ignorar o ciúme que invade meu peito.

— Então eu não entendo. Por que...

— Ela não é *homem* — Poe explica, me interrompendo.

Demora um segundo para a ficha cair, mas então rio, balançando a cabeça.

— Belo jeito de esconder o detalhe mais importante.

Não sei bem por que estou tão aliviado, mas estou. Olho para o quadro branco pendurado na porta, bem acima da cabeça de Poe, e vejo um coração enorme desenhado nele.

Se a Stella está tentando me salvar também, ela não deve me odiar *tanto* assim, certo?

capítulo 7
STELLA

— **Só preciso de dez minutos** — digo, fechando a porta e deixando Will e Poe para fora, no corredor.

Observo o quarto de Will enquanto baixo o meu aplicativo no celular dele e vejo o bilhete que coloquei debaixo da porta, hoje de manhã, em cima de sua cama.

Me mande uma mensagem quando tiver seu carrinho de remédio. (718) 555 3295. Vou passar aí hoje à tarde pra deixar tudo pronto.

Eu já sabia que seria complicado, principalmente porque Will e Barb claramente não se dão muito bem, então ela jamais o defenderia. Mas Will passou por cima dela e conseguiu conquistar a dra. Hamid. Eu pego o bilhete e percebo que ele desenhou uma Barb pequena e brava na lateral da folha, com seu característico uniforme colorido, empurrando um carrinho de remédios e gritando: "NÃO FAÇA EU ME ARREPENDER DISSO!".

Balanço a cabeça, um sorriso escapando dos meus lábios enquanto solto o bilhete e vou até o carrinho de remédios real. Reorganizo alguns frascos de comprimidos, me certificando mais uma vez de que tudo continua na mesma ordem cronológica que programei no aplicativo depois de fazer uma referência cruzada com o horário dele rabiscado.

Verifico o notebook dele de novo para checar quanto tempo falta para terminar o download do link que enviei, e tento não respirar mais do que o necessário dentro do quarto infestado de B. cepacia.

Oitenta e oito por cento concluído.

Meu coração dá um pulo quando escuto um barulho do lado de fora da porta e afasto minha mão do teclado, com medo de que tenham nos descoberto. *Por favor, não seja a Barb. Por favor, não seja a Barb.* Ela deveria estar no horário de almoço, mas se já voltou e começou sua ronda de segunda à tarde mais cedo, vai me matar.

Os passos de Will ecoam do lado de fora, caminhando de um lado para o outro. Vou até a porta na ponta dos pés, quase encostando a orelha nela. Fico aliviada ao ouvir apenas duas vozes.

— Você limpou bem tudo, né? — Poe pergunta.

— Lógico. Duas vezes, por via das dúvidas — Will responde imediatamente. — Quer dizer, obviamente isso não foi ideia minha, você sabe.

Ajeito a roupa de isolamento por cima do avental cirúrgico descartável e abro a porta, olhando para os dois através dos meus óculos de proteção.

Poe se vira no skate para ficar de frente para mim.

— Uau, Stella. Já te falei como você está *liiinda* hoje?

Ele e Will caem na gargalhada pela terceira vez por causa do meu traje de proteção improvisado. Lanço um olhar de desprezo a eles antes de espiar os dois lados do corredor.

— Tudo certo?

Poe dá um impulso com o skate e, devagar, passa pelo posto da enfermagem, espiando por cima do balcão.

Ele faz um sinal de joinha para mim.

— Só vai logo.

— Estou quase lá — digo, correndo de volta para o quarto e fechando a porta.

Observo o carrinho de remédios, suspirando de satisfação ao ver como ele está meticulosamente organizado. Mas então eu olho para a mesa onde o notebook de Will está e... não. Vou até lá, pego um punhado de lápis coloridos e os coloco de volta no porta-lápis de onde saíram. Arrumo as revistas e os cadernos de desenho, organizando tudo por ordem de tamanho e, então, um papelzinho cai no chão.

É o desenho de um garoto muito parecido com Will, segurando dois balões e soprando o ar para encher dois pulmões vazios, o rosto vermelho de tanto esforço. Rio ao ler a legenda: *Apenas respire*.

Ficou realmente bom.

Traço os pulmões de Will delicadamente, assim como costumo fazer com o desenho de Abby. Meus dedos cobertos por luvas tocam o "Will" pequenininho da ilustração, o contorno acentuado de seu queixo, o cabelo rebelde, os olhos azuis e a mesma blusa cor de vinho que ele estava usando aquele dia, no telhado.

Só sinto falta do sorriso.

Olho para a parede e percebo que ele só tem um desenho velho pendurado bem acima de sua cama. Pego uma tachinha de um pote e penduro a caricatura dele na parede, debaixo do outro desenho.

O notebook apita e eu pisco, afastando minha mão abruptamente. Download completo. Viro, vou até a mesa e desconecto seu celular do laptop. Pegando tudo, abro a porta e entrego o celular para o Will da vida real.

Ele estica o braço para pegar o aparelho, prendendo a máscara no rosto com a outra mão.

— Eu criei um aplicativo pra doenças crônicas. Prontuários médicos, horários etc. — dou de ombros casualmente. — Você, vai receber um alerta quando estiver na hora de tomar algum remédio ou fazer algum outro procedimento do tratam...

— Você *criou* um aplicativo? Tipo, criou, criou? — ele interrompe, tirando os olhos do celular e me observando com cara de surpresa, seus olhos azuis arregalados.

— Uma novidade: mulheres programam.

O celular de Will emite um som e vejo o frasco de comprimidos animado na tela:

— Ivacaftor. 150 mg — digo. Nossa, já me sinto melhor.

Levanto as sobrancelhas para Will, que, pela primeira vez, não me olha com aquela cara irônica. Ele está impressionado. Que bom.

— Meu aplicativo é tão simples que até homens conseguem usar.

Eu saio andando, rebolando meus quadris inexistentes com confiança, sentindo as bochechas quentes enquanto caminho até o banheiro do outro lado do corredor que ninguém usa.

A luz se acende quando entro e tranco a porta. Tiro as luvas e pego alguns lenços desinfetantes de uma cesta redonda que fica perto da porta, esfregando as mãos três vezes. Soltando o ar devagar, rasgo tudo que estou vestindo:

botas, touca, máscara, avental e roupa de proteção. Jogo tudo dentro da lixeira, empurro para baixo, fecho a tampa e corro para a pia.

Minha pele formiga, como se eu pudesse sentir a B. cepacia tentando encontrar um meio de entrar em mim e me devorar.

Abro a torneira, a água quente caindo ruidosamente. Agarro a porcelana, me olhando no espelho só de sutiã e calcinha. Observo a quantidade de cicatrizes no meu peito e barriga, marcas de cirurgia após cirurgia, minhas costelas empurrando a pele à medida que respiro e os ângulos pontudos da minha clavícula mais nítidos sob a luz fraca do banheiro. A vermelhidão ao redor do buraco da sonda está piorando, uma infecção com certeza a caminho.

Estou magra demais, com cicatrizes demais... Encaro meus olhos cor de avelã no reflexo do espelho.

Por que o Will iria querer me desenhar?

A voz dele ecoa na minha cabeça, dizendo que sou linda. *Linda*. Meu coração se contorce de um jeito que não deveria.

O vapor quente começa a formar uma nuvem, embaçando meu reflexo no espelho. Desvio o olhar, apertando o sabonete líquido até que ele transborde da minha mão. Esfrego minhas mãos, braços e rosto, me lavando e deixando tudo ir embora com a água. Depois, passo uma camada de antisséptico por via das dúvidas.

Em seguida, me seco, abro a tampa da outra lata de lixo e tiro de lá a sacola de roupas que guardei aqui cuidadosamente há uma hora, antes de ir para o quarto de Will. Depois de vestida, olho mais uma vez para o espelho e, devagar, saio do banheiro, me certificando de que ninguém me veja.

Nova em folha.

***

Descansando em minha cama, encaro minha lista de tarefas da segunda-feira, mas continuo olhando as redes sociais no celular. Vejo os *stories* que Camila postou no Instagram pela milionésima vez, feliz e dentro de um caiaque, acenando para a câmera e segurando o celular por cima da cabeça para mostrar Mya remando freneticamente atrás dela.

Depois da operação secreta, passei a maior parte do tempo viajando mentalmente para Cabo através dos *stories* dos meus colegas. Mergulhei na água azul e cristalina com Melissa; naveguei com Jude para conhecer o Arco do Cabo San Lucas e tomei sol na praia com Brooke, que não me pareceu estar com o coração tão partido assim.

Bem quando vou atualizar a página de novo, ouço uma batida na porta, e Barb enfia a cabeça pela fresta. Ela olha para o meu carrinho de remédios. Já sei o que me espera.

— Você foi no quarto do Will? O carrinho dele me pareceu bem... familiar.

Nego com a cabeça. Não, não fui. A vantagem de ser certinha é que Barb provavelmente vai acreditar em mim.

Fico aliviada quando uma notificação do FaceTime aparece no meu notebook e a imagem de Poe surge na tela. Congelo antes de atender, torcendo silenciosamente para ele não comentar nada sobre Will e virando meu notebook.

— Olha só quem acabou de voltar do almoço!

Por sorte, seu olhar se fixa imediatamente em Barb parada na porta, e ele segura qualquer que fosse o comentário que ia fazer.

— Ah. Oi, Barb — ele pigarreia. Barb sorri e ele começa a divagar sobre peras flambadas com algum tipo de redução.

Observo enquanto ela fecha a porta devagar, meu coração retumbando em meus ouvidos até ouvir o clique suave da fechadura.

Solto o ar devagar enquanto Poe me lança um olhar.

— Olha, eu entendo o que você está fazendo. É legal. — Como sempre, ele consegue enxergar dentro da minha alma. — Mas esse lance com o Will... Será que é mesmo uma boa ideia? Tipo, você deveria saber.

Encolho os ombros, e sei que Poe tem razão. Eu deveria mesmo saber, certo? Mas também sei, melhor do que ninguém, como ser cuidadosa.

— É só por algumas semanas, aí eu vou embora. Depois disso, ele pode abandonar o tratamento se quiser, eu não ligo.

Ele levanta as sobrancelhas, dando um sorrisinho.

— Falou como um político desviando de uma pergunta. Mandou bem.

Poe acha que eu *sinto algo* por Will. Que eu *sinto algo* pelo garoto mais sarcástico e irritante – sem mencionar infeccioso – que já conheci.

Hora de mudar de assunto.

— Não estou desviando de nada — retruco. — Quem faz isso é você.

— Como assim?! — ele pergunta, cerrando os olhos porque sabe muito bem.

— Pergunta para o Michael — rebato.

Poe me ignora e volta a falar sobre Will:

— *Pelo amor de Deus*, não me diz que quando você finalmente se interessa por alguém, o cara tem fibrose cística.

— Eu só o ajudei com o carrinho de remédios, Poe! Querer que uma pessoa viva não significa estar a fim dela — digo, revoltada.

Não estou *a fim* do Will. Não quero morrer. E, se eu quisesse namorar um idiota, tem muitos por aí sem fibrose cística para escolher. Isso é ridículo.

Não é?

— Eu te conheço, Stella. Organizar o carrinho de remédios é tipo preliminares pra você.

Poe analisa minha expressão, tentando ver se estou mentindo. Reviro os olhos e fecho o notebook com tudo antes que um de nós descubra a resposta.

— Tem uma coisa chamada "bons modos" — ouço Poe gritar do corredor e o barulho de sua porta se fechando alguns segundos depois.

Meu celular vibra com uma mensagem de Will.

Briga de casal?

Meu estômago se revira de novo. Franzo o nariz e estou a ponto de apagar a mensagem quando um frasquinho colorido de comprimidos dançando aparece na minha tela – o lembrete das quatro horas para usar o AffloVest. Mordo o lábio, sabendo que Will acabou de receber o mesmo aviso. Mas ele vai segui-lo?

capítulo 8
WILL

Pinto a sombra do cabelo de Barb com cuidado, me afastando para olhar o desenho que fiz dela segurando um tridente. Enquanto faço que sim com a cabeça, satisfeito, meu celular começa a vibrar na mesa, fazendo os lápis coloridos se mexerem também. É a Stella. No FaceTime.

Surpreso, estico o braço para pausar a música do Pink Floyd que está tocando no meu computador e deslizo para atender a ligação.

— Eu sabia — ela diz assim que seus grandes olhos aparecem na tela. — Cadê seu AffloVest? Você deveria ficar com ele por, pelo menos, mais quinze minutos. E você tomou seu Creon? Aposto que não.

Finjo uma voz automatizada:

— Desculpe, o número para o qual você ligou não existe. Por favor, entre em contato com a sua operadora...

— Não dá pra confiar em você — Stella retruca, interrompendo minha ótima imitação. — Bom, o negócio é o seguinte:

vamos fazer nosso tratamento juntos. Assim, vou ter certeza de que você está fazendo tudo direitinho.

Enfio o lápis que estava usando atrás da orelha, tentando parecer relaxado.

— Você está sempre arrumando um jeito de passar mais tempo comigo.

Ela desliga na minha cara, mas, por um segundo, juro que a vejo sorrir. Interessante.

Passamos a maior parte dos dois dias seguintes conversando no Skype e, por incrível que pareça, ela não fica apenas vomitando ordens. Stella me mostra sua técnica para tomar comprimidos com flã de chocolate, o que é simplesmente genial. E delicioso. Fazemos inalação juntos, tomamos soro juntos e marcamos remédios e procedimentos no aplicativo dela juntos. Mas Stella estava certa. Por algum motivo, o fato de eu estar seguindo o meu tratamento a ajuda a relaxar. Ela está ficando menos tensa aos poucos.

E não vou mentir. Depois de apenas dois dias, está muito mais fácil levantar da cama de manhã. Com certeza respiro melhor agora.

Na tarde do segundo dia, começo a usar meu AffloVest e tomo um susto quando Barb entra feito um raio pela porta, pronta para a discussão das quatro horas que sempre temos por causa dele. Ela sempre vence a briga depois de ameaçar me confinar numa solitária, mas isso não me impede de continuar lutando.

Fecho o notebook depressa, encerrando a ligação com Stella abruptamente, e Barb e eu trocamos um olhar típico de faroeste. Ela olha do colete para mim, sua expressão indo de brava para chocada.

— Não acredito no que estou vendo. Você está usando seu AffloVest.

Dou de ombros como se não fosse grande coisa, olhando para o compressor para verificar se está tudo ligado corretamente. Parece que está tudo certo, mas faz um tempo que não faço isso sozinho.

— São quatro horas, certo?

Ela revira os olhos e me lança um olhar.

— Deixe ligado o tempo todo — ela adverte antes de sair.

Barb mal atravessa a porta e eu já abro o notebook para falar com Stella no Skype enquanto deito ao contrário na cama, o penico rosa numa mão para cuspir o catarro.

— Oi, desculpa por antes. É que a Barb... — começo a dizer quando ela atende, minha voz sumindo ao ver sua expressão triste e abatida, seus lábios se curvando para baixo conforme ela encara o celular. — Tudo bem?

— Tudo — ela responde, olhando para mim e suspirando. — Minha turma toda está em Cabo San Lucas para a viagem de formatura. — Ela vira o celular para me mostrar uma foto no Instagram de um grupo de pessoas de biquíni, sunga, óculos escuros e chapéu, posando felizes na praia.

Stella dá de ombros e coloca o celular de lado. Consigo ouvir seu colete vibrando pelo computador, um zumbido constante e simultâneo ao meu.

— Só estou chateada por não estar lá com eles.

— Te entendo — digo, pensando em Jason e Hope e no que perdi nesses últimos meses, vivendo tudo através de suas mensagens e dos *feeds* das redes sociais.

— E eu passei o ano todo planejando essa viagem — ela continua, o que não me surpreende. Ela provavelmente planejou cada passo que já deu.

— E os seus pais? Eles deixariam você ir? — pergunto, curioso. Mesmo antes da B. cepacia, minha mãe teria dito não. Férias escolares sempre foram um período difícil para mim.

Ela assente, curiosidade invadindo seu olhar diante da minha pergunta.

— Claro. Se eu estivesse bem de saúde pra isso. Os seus não?

— Não. A não ser, claro que tivesse algum hospital por lá com um tratamento mágico com células-tronco pra curar B. cepacia. — Ergo o tronco e cuspo um monte de catarro no penico. Com uma careta, volto a deitar na cama e, agora, lembro do motivo de sempre tirar o colete antes do fim do tratamento. — Além do mais, já fui pra lá. É lindo.

— Você já foi? E como é? — Stella pergunta com ansiedade, puxando o notebook mais para perto.

A memória começa a tomar forma na minha mente, e vejo meu pai do meu lado, na praia, a água do mar batendo no nosso pé, nossos dedos enterrados na areia.

— Sim, eu fui com meu pai quando era pequeno, antes de ele ir embora. — Estou muito envolvido na lembrança para processar o que estou dizendo, mas mesmo assim a palavra "pai" soa estranha para mim.

Por que contei isso para ela? Nunca falo sobre isso para ninguém. Acho que não falo sobre o meu pai há anos.

Stella abre a boca para dizer alguma coisa, mas eu rapidamente volto a falar de Cabo. O assunto aqui não é o meu pai.

— As praias são lindas. A água é cristalina. E as pessoas são muito, muito receptivas e tranquilas.

Vejo a tristeza aumentar na expressão de Stella diante do meu brevíssimo resumo, então enfio no meio da conversa um fato qualquer que vi num desses canais de turismo.

— Mas, cara, as correntes lá são muito fortes. Quase nunca dá pra nadar lá, só uma ou duas horas por dia. Então a gente só fica tostando na areia na maior parte do tempo, já que não dá pra entrar na água.

— Sério? — ela pergunta, aparentemente sem acreditar muito, mas grata pela tentativa.

Faço que sim com a cabeça, enfaticamente, e vejo que ela fica um pouco mais animada.

Nossos coletes vibram juntos, um silêncio confortável entre nós. Exceto, é claro, por uma ou outra cuspida de pulmão.

Quando terminamos de usar nossos AffloVests, Stella desliga para falar com sua mãe e ver como estão as amigas em Cabo, prometendo me ligar a tempo das nossas pílulas noturnas. As horas passam devagar sem o seu rosto sorridente do outro lado da tela. Eu janto, desenho e vejo vídeos no YouTube, assim como eu costumava fazer para passar o tempo antes de Stella aparecer, mas agora tudo parece chato. Não importa o que eu faça, sempre me pego checando a tela do meu computador, esperando a notificação de ligação do Skype, os segundos se arrastando enquanto isso.

Meu celular vibra alto e eu olho para a tela, mas é só uma notificação do aplicativo de Stella para me lembrar de tomar meu comprimido e preparar a bolsa da sonda. Olho para a mesa de cabeceira atrás de mim, onde coloquei o flã de chocolate e meus remédios, prontos para serem tomados.

A tela do meu computador acende pontualmente, indicando a tão esperada ligação dela.

Passo o mouse em cima do botão de atender, disfarçando meu sorriso e esperando alguns segundos antes de aceitar a ligação, meus dedos tamborilando no teclado. Clico para aceitar e finjo estar bocejando quando o rosto de Stella aparece na tela, olhando de modo desinteressado para o meu celular.

— Já está na hora dos remédios da noite?

Ela abre um grande sorriso.

— Nem vem. Estou vendo seus remédios ali atrás.

Envergonhado, abro minha boca para argumentar, mas balanço a cabeça e deixo ela ganhar essa.

Nós tomamos os comprimidos da noite juntos e pegamos as bolsas da sonda para receber os medicamentos noturnos. Depois de despejar as fórmulas dentro delas, as penduramos e ajustamos a dosagem de acordo com a quantidade de tempo que passaremos dormindo. Eu me atrapalho com a minha e olho para Stella para ter certeza de que estou fazendo certo. Faz pouquíssimo tempo que comecei a fazer isso sozinho. Depois esvaziamos o ar do cano, nossos olhares se cruzando enquanto esperamos o líquido começar a descer.

Assovio a música-tema do programa de televisão *Jeopardy!* enquanto esperamos, o que a faz rir.

— Não olha — ela adverte quando o líquido finalmente escorre e chega ao fim do tubo. Stella levanta a camiseta o suficiente para prender o tubo nela mesma.

Desvio o olhar, escondendo um sorriso, e inspiro com força, flexionando o corpo o máximo que posso para conseguir erguer a camiseta e prender o tubo ao encaixe saindo da minha barriga.

Olhando de relance, percebo que Stella está me observando pela câmera.

— Tira uma foto, vai durar mais — digo, puxando a camiseta para baixo enquanto Stella revira os olhos. Suas bochechas estão levemente coradas.

Sento na cama e puxo o notebook mais para perto.

Stella boceja, desfaz o coque e o cabelo castanho repousa suavemente em seus ombros. Tento não olhar, mas ela está *linda*. Mais parecida com os vídeos. Relaxada. Feliz.

— Você deveria ir dormir — sugiro quando ela esfrega os olhos, com sono. — Gastou muita energia por esses dias me dando ordens.

Ela ri e assente.

— Boa noite, Will.

— Boa noite, Stella — respondo, hesitando antes de clicar no botão para encerrar a chamada e fechar meu notebook.

Deito na cama, coloco as mãos atrás da cabeça e o silêncio do quarto é estranhamente perturbador, mesmo que ainda só tenha eu aqui. Mas conforme me viro para apagar a luz, percebo que, pela primeira vez depois de muito tempo, não me sinto sozinho.

capítulo 9
STELLA

A dra. Hamid franze a testa quando levanto minha camiseta, suas sobrancelhas escuras se juntando enquanto ela olha para o acesso infeccionado da sonda. Eu me retraio quando ela toca gentilmente a pele inflamada, e ela murmura um pedido de desculpas.

Assim que acordei hoje de manhã, percebi que a infecção tinha piorado. Quando vi um líquido escorrendo pelo acesso da sonda, chamei a dra. Hamid imediatamente.

Depois de me examinar por um minuto, ela fica de pé, suspirando.

— Vamos tentar Bactroban e ver como fica daqui a um ou dois dias. Talvez a gente consiga desinfeccionar.

Abaixo a camiseta e olho para ela, cética. Já faz uma semana que estou no hospital, e embora minha febre esteja baixa e a garganta tenha melhorado, essa infecção só piora. A dra. Hamid aperta meu braço de um jeito reconfortante. Espero que ela esteja certa. Porque o contrário significa cirurgia. E isso é exatamente o oposto de *não* preocupar meus pais.

Meu celular começa a tocar e eu olho a tela na esperança de que seja Will, mas vejo uma mensagem da minha mãe.

Almoço na lanchonete? Me encontra em 15 min?

"Em 15 min" significa que ela já está a caminho. Despistei minha mãe a semana toda, dizendo que tudo estava tão parado que, se ela viesse, ficaria entediada, mas ela não vai aceitar um "não" como resposta dessa vez. Então, aceito o convite com um "sim", suspiro e levanto da cama para me trocar.

— Obrigada, dra. Hamid.

Ela sorri e vai embora.

— Vá me mantendo informada, Stella. A Barb vai ficar de olho também.

Visto uma legging limpa e um moletom, faço um lembrete para acrescentar Bactroban ao cronograma do meu aplicativo, pego o elevador e vou até o Edifício 2. Quando chego, minha mãe já está de frente para a lanchonete, o cabelo preso num rabo de cavalo bagunçado e os olhos com olheiras profundas.

Parece mais magra do que eu.

Dou um abraço de urso nela, tentando não reclamar quando ela encosta na sonda.

— Está tudo bem? — ela pergunta, me olhando de cima a baixo.

Faço que sim com a cabeça.

— Tudo ótimo! O tratamento está supertranquilo. Já estou respirando bem melhor. E você, tudo bem? — pergunto, observando seu rosto.

Ela assente, abrindo um grande sorriso que não condiz com o seu olhar.

— Sim, tudo bem!

Entramos na longa fila e pedimos o mesmo de sempre, uma salada Caesar para ela, hambúrguer e milk-shake para mim e uma grande porção de batata frita para dividirmos.

Conseguimos pegar uma mesa perto das grandes janelas de vidro e a uma boa distância do resto das pessoas. Enquanto comemos, olho para fora e vejo que a neve ainda está caindo aos poucos, formando pouco a pouco um cobertor branco no chão. Espero que minha mãe vá embora antes que o tempo piore.

Termino o hambúrguer e como setenta e cinco por cento da batata frita no tempo que ela leva para dar três garfadas na salada dela. Observo-a brincar com a comida, sua expressão cansada. Ela está com a mesma cara de quando passa a noite fazendo pesquisas no Google, lendo página por página, artigo por artigo sobre transplante de pulmão.

Meu pai era o único que conseguia acalmá-la. Ele a tirava da espiral de preocupação só com um olhar, reconfortando-a de um jeito que ninguém conseguia.

— A Dieta do Divórcio não está dando muito certo pra você, mãe.

Ela tira os olhos do prato e me encara, surpresa.

— Do que você está falando?

— Você está muito magra. Meu pai precisa de um banho. Vocês estão copiando meu estilo!

Vocês não percebem que precisam um do outro?, é o que tenho vontade de dizer.

Ela ri e pega meu milk-shake.

— Não! — exclamo quando ela dá um gole enorme. Me estico por cima da mesa, tentando pegá-lo de volta, mas a tampa sai voando e a bebida espirra para todos os lados, nos cobrindo completamente de milk-shake de chocolate. Pela primeira vez depois de muito tempo, minha mãe e eu caímos na gargalhada.

Ela pega um punhado de guardanapos e, com cuidado, limpa meu rosto. De repente, vejo seus olhos cheios de lágrimas. Pego sua mão, confusa:

— Mãe. O que foi?

— Olho pra você e penso... eles disseram que você não... — Ela balança a cabeça enquanto segura meu rosto com as duas mãos, sem conseguir conter as lágrimas. — Mas você está aqui. Você cresceu. E está linda. Você continua provando que estavam errados.

Ela pega mais um guardanapo e enxuga as lágrimas.

— Eu não sei o que faria sem você.

Sinto um frio por dentro. *Eu não sei o que faria sem você.*

Engulo em seco e aperto a mão dela com força, tentando consolá-la. Mas minha mente volta para a infecção na sonda. Para as planilhas. Para o aplicativo. E para os *trinta e cinco por cento* estampados no meu peito. Enquanto eu não fizer o transplante, esse número vai continuar o mesmo. Até lá, sou a única que pode me manter viva. E tenho que fazer isso. Tenho que continuar viva.

Porque tenho bastante certeza de que me manter viva é o que mantêm meus pais de pé.

Depois que minha mãe sai, vou direto para a academia com Will, focada em fortalecer o máximo possível meus pulmões fracos. Quase peço para ele não me acompanhar para poder pensar um pouco, mas sei que ele provavelmente não coloca os pés em uma academia há séculos.

Além disso, a preocupação com meus pais e com Will seria demais, e eu não ia conseguir me concentrar em mais nada. Pelo menos fazê-lo ir à academia é um problema que consigo resolver imediatamente.

Começo pedalando na bicicleta ergométrica. Não me incomodo mais de ter que treinar, já que a academia se tornou um dos lugares mais legais do hospital. Ela passou por uma reforma há três anos e praticamente quadruplicou de tamanho, com quadras de basquete, piscina de água salgada, novos aparelhos aeróbicos e várias opções de pesos livres. Tem até uma sala separada para ioga e meditação, com janelas enormes que dão para o jardim. Antes disso, o lugar era uma sala velha e sinistra, com vários halteres aleatórios e aparelhos decadentes que pareciam ser da época em que inventaram a roda.

Vejo Will na esteira, todo esbaforido e ofegante enquanto caminha. Seu oxigênio portátil está apoiado no ombro, naquele estilo típico e descolado com que os portadores de fibrose cística fazem exercícios.

Eu praticamente o arrastei até aqui, e tenho que admitir que é divertido vê-lo assim, concentrado demais para conseguir ser sarcástico. Ele não pôde nem usar sua velha desculpa de "estou de castigo por ter saído da ala da fibrose cística", porque Barb está no turno da noite e Julie está superanimada por vê-lo fazendo algo que de fato vai melhorar sua função pulmonar e saúde.

— E aí, quando é que vou começar a me beneficiar com o nosso trato? — ele consegue falar, olhando para mim do outro lado da sala enquanto pedalo. Ele diminui o passo, intercalando as palavras com as respirações. — Fiz tudo que você me pediu, e até agora não tive nenhum retorno do meu investimento.

— Eu estou nojenta, toda suada — respondo quando uma gota de suor escorre pelo meu rosto.

Will aperta um botão e a esteira para de repente. Ele me encara, ajeitando a cânula do nariz enquanto se esforça para recuperar o fôlego e diz, tentando me imitar:

— *E meu cabelo está sujo, estou morta de cansaço e meu carrinho de remédio está...*

— Você quer me desenhar suada? O.k.! Vou suar mais, então! — Começo a pedalar como se minha vida dependesse disso, quadriplicando a rotação por minuto do aparelho. Meus pulmões queimam e começo a tossir, o oxigênio sibilando pela cânula enquanto me esforço para puxar o ar. Minhas pernas diminuem a velocidade quando começo a ter uma crise de tosse, até finalmente conseguir recuperar o fôlego.

Will balança a cabeça. Eu olho imediatamente para os números gritantes no leitor digital da bicicleta, tentando ignorar a sensação de ardor nas bochechas.

Em seguida, seguimos exaustos para a sala vazia de ioga, eu caminhando a seis passos de distância dele. Sento e apoio meu corpo contra as enormes janelas, o vidro gelado por conta da cortina de neve cobrindo tudo lá fora.

— Preciso fazer uma pose ou algo assim? — pergunto, ajeitando o cabelo. Faço uma pose exagerada e Will ri.

Ele saca o caderno de desenho e um lápis carvão, e fico surpresa ao vê-lo colocando um par de luvas azuis de látex.

— Não, só aja naturalmente.

Ah, tá, legal. Vai ser fácil.

Eu o observo, seus olhos azuis concentrados no papel e as sobrancelhas escuras franzidas. Will tira os olhos do caderno, me olhando nos olhos enquanto me analisa. Desvio o olhar na mesma hora, pego o caderninho que carrego no bolso e vou até a página que corresponde ao dia de hoje.

— O que é isso? — ele pergunta, apontando com o lápis para meu caderninho.

— Minha lista de tarefas — explico, riscando o número 12: *Academia*, e indo até o final da lista para escrever *Desenho do Will*.

— Uma lista de tarefas? — ele pergunta. — Nossa, meio vintage pra quem cria aplicativos.

— É, bom, o aplicativo não me traz a mesma satisfação de fazer isso. — Pego o lápis e faço um traço em cima de *Desenho do Will*.

Ele finge uma cara triste.

— Agora você me magoou.

Abaixo a cabeça, mas não a tempo de esconder meu sorriso.

— E aí, o que mais tem nessa lista? — Will pergunta, olhando do desenho para mim antes de começar a fazer uma espécie de sombra.

— Qual lista? — pergunto. — A lista mestra ou a lista diária?

Ele ri e balança a cabeça.

— É claro que você tem duas listas.

— Uma pra curto prazo e outra pra longo prazo. Faz sentido — retruco, e Will sorri de canto de boca.

— Me fala da lista mestra. É a mais importante.

Folheio as páginas até chegar à lista mestra. Faz um tempo que não mexo nela. Há anotações de várias cores: vermelho, azul, preto, e algumas coisas escritas em cores fluorescentes com as canetas em gel que ganhei na sexta série.

— Vamos ver o que temos por aqui — digo, correndo o indicador pela lista até chegar no topo. — Realizar trabalho voluntário numa causa política importante. Feito.

Faço um risco em cima da linha.

— Estudar toda a obra de William Shakespeare. Feito! — Risco mais um item. — Compartilhar tudo o que sei sobre a fibrose cística com as pessoas. Eu tenho um... humm... canal no YouTube...

Faço um traço em cima da frase e olho para Will. Ele não parece nem um pouco surpreso. Alguém andou me pesquisando.

— Então, seu plano é morrer inteligente o suficiente pra poder se juntar aos grupos de debate do além? — Com o lápis, ele aponta para a janela. — Você não pensa em, sei lá... Viajar pelo mundo ou algo do tipo?

Volto a olhar para o caderno e leio o número 27: *Capela Sistina com Abby*. Nenhum risco nessa.

Pigarreio e continuo a leitura:

— Aprender a tocar piano. Feito! Falar francês fluentemente...

Will me interrompe.

— Sério, você faz alguma coisa que esteja fora dessa lista? Sem ofensas, mas nada do que tem aí parece divertido. — Fecho o caderno e ele continua: — Quer saber o que tem na minha? Fazer uma aula de desenho com o Bob Ross. Um monte de árvores felizes e amarelo cádmio que você acha que não vão combinar nunca, mas aí...

— Ele já morreu — digo.

Will abre um sorriso torto.

— Bom, então acho que vou ter que me contentar com sexo no Vaticano!

Reviro os olhos.

—Acho que você tem mais chances de conhecer o Bob Ross.

Ele pisca, mas volta a ficar sério. Mais sério do que já o vi.

— Tá bem. Eu queria poder viajar pelo mundo, *ver* tudo mesmo, sabe? Não só as paredes de um hospital. — Ele olha para baixo e continua desenhando. — Eles são meio iguais. Os mesmos quartos genéricos. O mesmo piso de cerâmica. O mesmo cheiro de antisséptico. Já viajei o mundo inteiro, mas não conheço nada de verdade.

Olho para ele *de verdade*, observando o jeito que seu cabelo cai por cima dos olhos quando ele desenha e a expressão de concentração em seu rosto, sem nenhum sinal daquele sorriso irônico. Queria saber qual é a sensação de rodar o mundo, mas estar sempre cercado por paredes de hospital. Não ligo de ficar no hospital. Me sinto segura aqui. Confortável. Mas eu venho ao mesmo hospital praticamente desde sempre. É minha casa.

Se eu tivesse viajado para Cabo semana passada mas tivesse que ficar presa dentro de um hospital, eu não estaria apenas chateada. Eu estaria devastada.

— Obrigada — digo.

— Pelo quê? — ele pergunta, levantando a cabeça e encontrando meu olhar.

— Por dizer algo real.

Ele me observa por um segundo, depois passa os dedos pelo cabelo. Agora é ele quem está desconfortável.

— Seus olhos são cor de avelã — ele comenta, apontando para a luz do sol que atravessa o vidro da janela e me cerca. — Só percebi agora, com a luz do sol. Pensei que fossem castanhos.

Meu coração pula em meu peito ao ouvir isso e perceber como ele está me olhando.

— São olhos muito bonitos — ele acrescenta no segundo seguinte, suas bochechas ficando um pouco vermelhas. Ele abaixa a cabeça, continua rabiscando com o lápis e pigarreia.

— Quer dizer, tipo, pra desenhar.

Mordisco o lábio inferior para esconder meu sorriso.

Pela primeira vez, sinto de verdade o peso de cada centímetro, de cada um dos milímetros desses dois metros de distância que há entre nós. Aperto a blusa de moletom contra o corpo, viro o rosto e desvio o olhar para a pilha de tapetes de ioga no canto da sala, tentando ignorar o fato de que... esse espaço todo? Vai estar sempre aqui.

À tarde, entro no Facebook pela primeira vez no dia, vendo as fotos que meus amigos estão postando da viagem. Dou um "amei" na nova foto de perfil de Camila. Ela está de pé numa prancha de surfe, com seu biquíni listrado e um sorriso de orelha a orelha estampado no rosto, os ombros queimados e já descascando, mostrando que ela claramente ignorou meus avisos para não esquecer o protetor solar. Mas Mya me mandou um vídeo dos bastidores hoje mais cedo, gravado segundos depois dessa foto, mostrando que Camila ainda não faz a menor ideia de como surfar. No vídeo, ela tenta se equilibrar uns três ou quatro segundos, dando um grande sorriso para a câmera antes de cair na água.

Rolo a tela e faço uma dancinha de comemoração ao ver uma foto que Mason postou, seu braço bronzeado apoiado no ombro de Mya. Quase caio da cadeira ao ler a legenda: "Gata de Cabo". Sorrindo, dou um *like* na foto e fecho o aplicativo para mandar uma mensagem para ela:

Isso aí, Mya!!, com um monte de emojis de coração.

Espio meu caderno de bolso ainda aberto na página da lista mestra. Meus olhos vão direto para o item número 27:

Capela Sistina com Abby. Abro o notebook e o mouse para em cima de uma pasta azul intitulada *Abs*.

Hesito por um momento antes de clicar nela, então me deparo com um mar de fotos, vídeos e desenhos da minha irmã preenchendo a tela. Clico num vídeo que ela gravou com uma GoPro há dois anos, no qual está se equilibrando numa ponte alta e bamba. A tela é ocupada pela imagem estonteante da paisagem ao redor dela, a água abaixo de Abby correndo forte o suficiente para carregar tudo o que estiver em seu caminho.

— Loucura, né, Stella? — ela diz, a câmera balançando um pouco enquanto Abby a ajusta. — Achei que você ia gostar de ver!

Ela ajeita o capacete na cabeça e a câmera volta a mostrar todo o limiar da ponte e a longa distância até lá embaixo.

— E eu trouxe meu companheiro de salto! — Ela segura meu panda de pelúcia, o mesmo que está do meu lado agora, e dá um abraço apertado nele. — Vou segurá-lo bem forte, não se preocupa!

Então, sem pensar duas vezes, Abby pula da ponte. Voo pelos ares com ela, seus gritos de alegria ecoando nos alto-falantes.

E então começa o rebote. Quicamos de volta, o rosto do panda fica bem perto da câmera e Abby, com a voz ofegante e eufórica, agarra-o com força e grita:

— Feliz aniversário, Stella!

Engolindo em seco, fecho o notebook com força e acabo derrubando uma latinha de refrigerante na mesa ao lado. O líquido borbulhante se espalha pelo móvel e pelo chão. Maravilha.

Abaixo para pegar a lata, pulando por cima da poça, e a jogo no lixo a caminho do corredor. Ao passar pelo posto da enfermagem, vejo Barb cochilando numa cadeira com a cabeça pendendo para um lado e a boca meio aberta. Abro a porta do armário de material de limpeza cuidadosamente e pego uns guardanapos de papel numa prateleira, tomando cuidado para não acordá-la.

Mas ela ouve e olha para cima, meio sonolenta.

— Você trabalha demais — comento enquanto ela olha para mim.

Barb sorri e abre os braços como costumava fazer quando eu era mais nova e tinha um dia difícil no hospital.

Sento no colo dela como uma criança e envolvo meus braços no seu pescoço, sentindo o perfume familiar de baunilha que me transmite segurança. Descansando a cabeça em seu ombro, fecho os olhos e me deixo fingir.

capítulo 10
WILL

— **Hora do Cevaflomalin** — Julie cantarola na manhã seguinte, abrindo a porta do meu quarto com uma sacola de remédios na mão.

Faço que sim. Já recebi o aviso de Stella pelo aplicativo e mudei da mesa para a cama, onde fica o suporte do soro, só esperando Julie chegar.

Eu a observo enquanto ela pendura a bolsa, pega o tubo do intravenoso e vira para mim. Julie bate o olho no desenho que fiz de Stella na sala de ioga e que deixei pendurado ao lado do desenho do pulmão que a própria Stella colocou em cima da minha mesa. Ela dá um sorrisinho de canto.

— Gosto de te ver assim — comenta, seus olhos encontrando os meus.

— Assim como? — pergunto, puxando a gola da camiseta para baixo.

Ela enfia a agulha no orifício que tenho no peito.

— Esperançoso.

Penso em Stella, meu olhar viajando para a bolsa de Cevaflomalin. Estico o braço para tocá-la gentilmente, sentindo o peso do líquido na mão. O tratamento experimental ainda é muito novo. Novo demais para saber como vai acabar.

É a primeira vez que me permito pensar nisso... o que pode ser perigoso. Ou até ridículo.

Não sei. Alimentar esperanças quando se tem um hospital no meio da história não me parece uma boa ideia.

— E se isso não funcionar? — pergunto.

Não *sinto* nenhuma diferença. Pelo menos ainda não.

Fico olhando a bolsa de soro e o pinga-pinga incessante que leva o medicamento até meu corpo. Olho para Julie de novo. Nós ficamos em silêncio por um momento.

— Mas e se funcionar? — Ela pergunta, tocando o meu ombro.

Acompanho Julie com o olhar enquanto ela sai.

Mas e se funcionar?

Quando o líquido da bolsa de soro termina, coloco um par de luvas azuis nas mãos com cuidado, me certificando de que os germes da B. cepacia não contaminem absolutamente nada que Stella toque.

Dou mais uma olhada no desenho que fiz na sala de ioga, avaliando-o com cuidado antes de tirá-lo da parede.

É um desenho, mas parece a própria Stella. Ela está em um jaleco branco de médica, um estetoscópio pendurado no pescoço e as mãozinhas pequenas apoiadas na cintura, com raiva. Agora, observando bem o desenho, percebo que está faltando uma coisa.

Ahá.

Pego um lápis vermelho, um laranja e outro amarelo e desenho uma chama saindo de sua boca. *Bem* mais realista.

Rindo sozinho, pego o envelope pardo que roubei do posto da enfermagem, guardo o desenho nele e escrevo do lado de fora: "Aqui você encontrará meu coração e minha alma. Seja gentil".

Saio no corredor e caminho até o quarto dela, imaginando-a abrindo o envelope e esperando encontrar algo intenso e profundo. Olho para os dois lados antes de deslizá-lo por baixo da porta. Encosto na parede e fico ali, ouvindo.

Ouço os passos suaves de Stella se aproximando do outro lado, o barulho dela colocando luvas e depois se agachando para pegar o envelope. Silêncio. Mais silêncio. E, finalmente... uma risada! Uma risada sonora, verdadeira.

Vitória! Caminho de volta para o meu quarto, assoviando pelo corredor. Me jogo na cama e pego o celular quando o FaceTime apita com uma ligação de Stella, como eu esperava.

Atendo e vejo o rosto dela, seus lábios rosados se curvando em um sorriso.

— Uma mulher-dragão? Que machista!

— Ei, você tem sorte que disse que não podia ter nudes! Ela ri mais uma vez, olhando do desenho para mim.

— Por que desenhos?

— Porque eles são subversivos, sabe? Podem parecer bonitinhos e inofensivos por fora, mas trazem uma mensagem. — Eu poderia passar o dia inteiro falando sobre esse assunto. Se tem uma coisa que eu gosto nessa vida, é disso. Mostro um livro que guardo na cabeceira e tem algumas das melhores charges políticas do *New York Times*. — Política, religião, sociedade. Acho que um desenho bem-feito pode dizer mais do que palavras, entende? Pode mudar *mentes*.

Stella me olha, surpresa, sem dizer nada.

Dou de ombros, percebendo que o momento nerd passou um pouco da conta.

— Mas tipo, eu sou só um aspirante a cartunista. O que *eu* sei?

Aponto para o desenho atrás dela, um lindo par de pulmões cheio de flores por dentro, com uma constelação ao fundo.

— *Isso sim* é arte. — Puxo o laptop mais para perto, me dando conta do que o desenho significa. — Pulmões saudáveis! Isso é genial. Quem fez?

Stella olha para trás e faz uma pausa antes de responder.

— Abby. Minha irmã mais velha.

— Ela é talentosa. Eu ia amar ver os outros trabalhos dela.

A expressão de Stella fica estranha, e sua voz, fria.

— Olha, não somos amigos. Não estamos trocando confidências. Só estamos compartilhando coisas sobre o tratamento, o.k.?

A ligação acaba abruptamente e eu vejo meu reflexo na tela do computador, confuso. O que foi isso? Com raiva, pulo da cama e abro a porta do quarto com força. Saio feito um raio pelo corredor e vou direto para a porta do quarto de Stella, pronto para falar poucas e boas. Ela pode ir…

— Ei, Will — diz uma voz atrás de mim.

Eu me viro e, para minha surpresa, vejo Hope e Jason caminhando em minha direção. Mandei uma mensagem de texto para o Jason há uma hora, mais ou menos, e me esqueci completamente que eles viriam hoje, como sempre fazem às sextas. Ele me mostra uma sacola cheia de comida, sorrindo para mim quando o cheiro de batata frita do meu restaurante favorito, que fica a um quarteirão da nossa escola, invade o corredor, me atraindo feito um ímã.

Congelo, olhando da porta de Stella para minhas visitas.

Então me dou conta.

Já vi a mãe e o pai dela por aqui. Vi suas amigas vindo visitá-la no dia em que chegou.

Mas Abby? Ela nunca nem *falou* sobre a Abby.

Onde a Abby está?

Caminho em direção a Jason e Hope, pegando a sacola com a comida e, com a cabeça, aponto em direção ao meu quarto.

— Venham comigo.

Abro o notebook, os dois atrás de mim olhando surpresos para a tela do computador.

— Bom te ver também, cara — cumprimenta Jason, espiando por cima do meu ombro.

— Então, eu conheci uma garota — conto, olhando para os dois. Balanço a cabeça quando Hope me lança um sorrisinho *daqueles*, a animação nítida em seus olhos. Jason já sabe de tudo que vem acontecendo entre Stella e eu, mas não contei nada para ela ainda. Principalmente porque eu sabia que ela reagiria desse jeito.

— Não nesse sentido! Tudo bem. Talvez nesse sentido. Mas não pode ser. Ah, você entendeu.

Volto para o computador, abro uma aba do navegador e acesso o canal de Stella no YouTube. Procuro pelo vídeo do ano passado intitulado "Festa da polipectomia!". Clico nele e, antes de começar, aperto a barra de espaço do teclado para pausar e explicar tudo para os dois.

— Ela tem fibrose cística. E é obcecada, tipo, maníaca por controle. Ela está me fazendo seguir o tratamento à risca e tudo o mais.

Os olhos de Hope se enchem de alívio, e Jason sorri de orelha a orelha.

— Você voltou para o tratamento? Will! Isso é incrível! — exclama Hope.

Ignoro o comentário, embora tenha ficado um pouco surpreso com toda essa empolgação. Hope me encheu o saco durante um tempo, mas quando pedi aos dois para deixarem o assunto para lá, eles pararam. Então eu meio que pensei que nós três estávamos na mesma página.

Mas agora vejo que eles parecem tão aliviados. Franzo a testa. Não quero alimentar falsas esperanças.

— É, pois é. Enfim, a história é a seguinte: ela tem uma irmã que se chama Abby. — Avanço alguns minutos do vídeo e aperto o play para os dois assistirem.

Stella e Abby estão sentadas num quarto do hospital, com um monte de desenhos pendurados nas paredes, assim como no quarto dela agora. A dra. Hamid também está lá, o estetoscópio pressionado contra o peito dela enquanto escuta seus pulmões. Ansiosa, Stella balança as pernas enquanto olha da médica para a câmera.

— O.k. Então eu vou fazer uma poli…?

— Polipectomia nasal — afirma a dra. Hamid, endireitando o corpo. — Precisamos remover os pólipos das suas vias nasais.

Stella sorri para a câmera.

— Estou tentando convencer a doutora a aproveitar e fazer uma plástica no meu nariz.

Abby dá um abraço de urso em Stella, apertando-a forte.

— A Stella está nervosa. Mas eu estarei do lado dela cantando pra ela dormir, como sempre! — Ela começa a cantar, sua voz suave e meiga. — *Eu amo você. Um alqueire e um celamim…*

— Para! — Stella pede, tapando a boca da irmã. — Vai me dar azar!

Pauso o vídeo e me viro para olhar para Jason e Hope.

Os dois parecem confusos, claramente sem perceber o que eu acabei de perceber. Eles trocam um olhar, surpresos, então Hope sorri para mim, se inclina para a frente e semicerra os olhos, observando a barra lateral do site.

— Você viu todos os vídeos dela?

Ignoro a pergunta.

— Bom, ela surtou uns cinco minutos atrás quando eu pedi pra ver mais trabalhos da irmã dela. E esse vídeo é do ano passado — explico.

— Tá, e...? — Jason pergunta, intrigado.

— A Abby não apareceu em mais nenhum vídeo depois disso.

Os dois assentem, entendendo aos poucos. Hope pega o celular, franzindo a testa enquanto digita alguma coisa.

— Achei o Instagram dela. Abby Grant. Só tem foto de desenhos e dela com a Stella. — Ela tira o olho do celular e me encara, assentindo. — Mas você tem razão. O último post dela foi há mais ou menos um ano.

Olho para Jason e Hope.

— Acho que aconteceu alguma coisa com a Abby.

Meu celular vibra alto na tarde seguinte, me lembrando de uma série de exercícios que Stella programou para mim. Eu não a vejo desde que descobri que algo aconteceu com Abby, e saber que vou encontrá-la daqui a alguns minutos está me deixando nervoso de um jeito esquisito. Não consegui curtir direito o resto da visita de Jason e Hope, mesmo quando comemos batata frita e conversamos sobre o drama mais recente da escola depois do Dia de Ação de Graças enquanto víamos o novo episódio de *Westworld*. Nós sempre esperamos para assistir aos novos episódios juntos, mesmo quando estou num continente diferente, com um fuso horário diferente, e preciso usar o Skype.

Respirando fundo, vou para a academia encontrar Stella. Empurro a porta e passo pela fileira de esteiras e de bicicletas ergométricas e elípticas.

Dou uma olhada na sala de ioga e a vejo sentada num tapete verde, meditando, suas pernas cruzadas e seus olhos fechados.

Devagar, abro a porta da sala e caminho na pontinha dos pés até chegar ao tapete do lado dela.

Seis passos de distância.

Sento e observo como ela parece em paz, sua expressão serena e calma. Mas, abrindo os olhos devagar, ela me vê e enrijece o corpo.

— A Barb não te viu, né?

— A Abby está morta, não está? — As palavras escapam da minha boca, indo direto ao ponto. Stella me encara sem dizer nada.

Até que ela engole em seco, balançando a cabeça.

— Legal, Will. Delicado como um elefante.

— Quem tem tempo pra delicadezas aqui, Stella? É óbvio que a gente não...

— Para — ela interrompe. — Para de me lembrar que eu estou morrendo. Eu sei. Eu *sei* que estou morrendo. — Ela balança a cabeça, séria. — Mas eu não posso, Will. Não agora. Eu preciso sobreviver.

Fico confuso.

— Não entend...

— Passei a vida inteira morrendo. Comemoramos todos os meus aniversários como se fossem os últimos. — Stella balança a cabeça, os olhos cor de avelã brilhando com as lágrimas. — Mas aí a *Abby* morreu. Era pra ter sido eu, Will. Todo mundo estava preparado pra isso.

Ela respira fundo, o peso do mundo em seus ombros.

— Meus pais não vão aguentar se eu morrer também.

Sinto como se uma tonelada de tijolos atingisse a minha cabeça. Eu estava errado esse tempo todo.

— O tratamento. Esse tempo todo achei que você tivesse medo de morrer, mas não é isso. — Observo seu rosto e continuo falando. — Você é uma garota à beira da morte que vive com a culpa de ter sobrevivido. Deve ser foda viver com isso. Como você consegue...

— *Viver* é a única escolha que eu tenho, Will! — ela exclama, se levantando e me olhando com raiva.

Levanto também, encarando-a. Querendo chegar mais perto e acabar com a distância que há entre nós. Quero fazê-la cair na real.

— Mas, Stella... Isso não é viver.

Ela me dá as costas, coloca a máscara e dispara em direção à porta.

— Stella, espera! Qual é! — Saio correndo atrás dela, querendo poder segurar sua mão para consertar as coisas. — Não vá. A gente deveria estar se exercitando, certo? Vou ficar de boca calada, o.k.?

A porta bate atrás dela. Merda. Eu realmente estraguei tudo.

Viro a cabeça e olho o tapete em que ela estava sentada, franzindo a testa ao ver o espaço vazio.

E, nesse momento, percebo que estou fazendo a única coisa que sempre prometi a mim mesmo que nunca faria. Estou desejando algo que nunca vou poder ter.

capítulo 11
STELLA

Abro a porta do meu quarto com força, e os desenhos de Abby se tornam um borrão na minha frente enquanto toda a dor e a culpa que venho soterrando começam a escapar, fazendo minhas pernas e joelhos vacilarem. Desabo no chão, meus dedos cravados no piso frio de linóleo e o grito da minha mãe ressoando na minha cabeça, exatamente como naquela manhã.

Era para eu estar com Abby naquele fim de semana no Arizona, mas eu estava com tanta dificuldade para respirar na noite anterior à viagem que tive que ficar para trás. Pedi um milhão de desculpas. Era para ser o presente de aniversário dela. Nossa primeira viagem juntas, só nós duas. Mas Abby não ficou chateada e me deu um abraço apertado, dizendo que em uma semana estaria de volta com fotos e histórias suficientes para me fazer sentir como se eu estivesse lá com ela o tempo todo.

Mas ela nunca voltou.

Lembro de ouvir o telefone tocar. Da minha mãe soluçando na escada, meu pai batendo na porta e me pedindo para sentar. Algo tinha acontecido.

Não acreditei nele.

Balancei a cabeça, rindo. Era uma pegadinha da Abby. Tinha de ser. Não era possível. Não podia ser. Era eu quem deveria morrer, muito antes do que qualquer um deles. Abby era praticamente a definição do que é *viver*.

Levou três dias inteiros para o luto me atingir. Foi só quando deveríamos estar pousando no aeroporto que me dei conta de que Abby realmente não voltaria para casa. Foi como se o mundo tivesse caído em cima da minha cabeça. Fiquei na cama por duas semanas seguidas, ignorando meu AffloVest e meu tratamento e, quando me levantei, não eram só meus pulmões que estavam em frangalhos. Meus pais também não estavam se falando. Não conseguiam nem olhar um na cara do outro.

Previ o divórcio muito antes de acontecer. Tinha preparado a Abby e dito a ela o que fazer para mantê-los juntos depois que eu partisse. O que eu não esperava é que seria eu quem teria de fazer isso.

Eu tentei tanto. Planejei passeios em família, preparei o jantar para eles quando os dois não conseguiam fazer nada além de ficar olhando para o nada. Mas foi tudo em vão. Sempre que o nome de Abby vinha à tona, uma briga começava. E, mesmo quando não se pronunciava o nome dela, sua presença sufocava o silêncio. Eles se separaram em três meses. Se divorciaram em seis. E colocaram o máximo de distância possível entre os dois, me deixando no meio.

Mas o divórcio não melhorou as coisas. Desde então, é como se eu estivesse sonhando, me concentrando dia após dia em permanecer viva para manter os dois de pé. Faço listas de tarefas e risco seus itens para me manter ocupada, engolindo minha tristeza e dor para que meus pais não sejam consumidos pelo luto.

Agora, para piorar as coisas, *Will* resolveu me dizer o que devo ou não fazer. Como se ele tivesse qualquer noção do que realmente significa viver.

E a pior parte é que a única pessoa com quem quero conversar sobre isso é a Abby.

Com raiva, enxugo as lágrimas com o dorso da mão, tiro o celular do bolso e mando uma mensagem para a única outra pessoa no mundo que eu sei que vai me entender.

Sala de espera. Agora.

Penso em todos os desenhos no meu quarto. Cada um representa uma ida ao hospital com Abby, que estava lá segurando a minha mão. E agora já são três viagens. Três internações inteiras sem nenhum desenho dela.

Lembro do primeiro dia em que vim ao St. Grace. Se eu já estava com medo antes, o tamanho desse lugar era suficiente para fazer qualquer criança de seis anos se assustar mais ainda. As janelas enormes, os aparelhos, os barulhos altos. Atravessei a recepção, apertando a mão de Abby como se minha vida dependesse disso e tentando ao máximo ser corajosa.

Meus pais conversaram com Barb e com a dra. Hamid. Mesmo antes de me conhecerem, as duas fizeram tudo o que puderam para eu sentir que o St. Grace era minha segunda casa desde o primeiro momento em que coloquei os pés aqui.

Mas de todos, a única pessoa que conseguiu de fato me trazer essa sensação foi Abby. Naquele dia, ela me deu três presentes inestimáveis.

O primeiro foi meu ursinho panda de pelúcia, o Esparadrapo, escolhido a dedo na lojinha de presentes do hospital.

O segundo foi o primeiro de muitos desenhos, o tornado de estrelas. Foi o primeiro "papel de parede" dela que eu começaria a colecionar.

E, enquanto meus pais conversavam com Barb sobre a moderna infraestrutura do hospital, Abby escapou e achou meu último presente daquele dia.

O melhor que eu receberia em todos esses anos de St. Grace.

— Impressionante, sem dúvida — minha mãe comentou enquanto eu observava Abby andando depressa pelo corredor colorido e brilhante da ala das crianças e sumindo ao dobrar uma esquina.

— Stella vai realmente se sentir em casa aqui! — Barb disse com um sorriso afetuoso. Eu me lembro de abraçar o Esparadrapo com força, tentando encontrar a coragem necessária para retribuir o sorriso.

Ao dobrar o corredor, no caminho de volta, Abby quase bateu de frente com uma enfermeira, e veio acompanhada de um menino muito pequeno, magro e de cabelos castanhos, vestindo uma camiseta do time da seleção colombiana grande demais para ele.

— Olha! Tem outras crianças aqui!

Acenei para o menino antes de Barb se enfiar entre nós, seu uniforme colorido formando uma parede entre nós.

— Poe, você sabe as regras — ela disse, repreendendo o menino enquanto Abby segurava a minha mão.

Mas Abby já tinha feito o seu trabalho. Mesmo a seis passos de distância, Poe já tinha se tornado meu melhor amigo. E é por isso ele é a única pessoa que pode me ajudar.

Ando de um lado para o outro, o saguão virando um borrão diante dos meus olhos. Tento me concentrar no aquário,

A CINCO PASSOS DE VOCÊ **125**

na TV ou na geladeira zunindo no canto, mas ainda estou furiosa depois da briga com Will.

— Você sabia que ele tinha problemas com limites — Poe diz atrás de mim, me observando atentamente na beirada do sofá. — Se faz alguma diferença, acho que ele não fez por mal.

Viro para olhar para ele, me agarrando ao balcão da lanchonete.

— Quando ele disse "Abby" e "morta"… — minha voz vacila e eu cravo os dedos no mármore frio do balcão — como se não fosse nada demais, como se fosse um assunto qualquer, eu…

Poe balança a cabeça com o olhar triste.

— Era pra eu estar com ela, Poe — digo com a voz embargada, enxugando os olhos com o dorso da mão. Abby sempre esteve lá. Sempre do meu lado quando precisei dela. E eu não estava lá quando ela mais precisou de mim.

— Não. Não faz isso de novo. Não foi culpa sua. Ela te diria isso se estivesse aqui.

— Ela sentiu dor? E se teve medo? — Eu soluço, sentindo uma queimação no peito. Não consigo parar de pensar na minha irmã despencando de um penhasco, como naquele vídeo que ela gravou e me mandou, e como ela já tinha feito um milhão de vezes: pulando de *bungee jumping* de uma altura enorme e caindo na água livremente.

Só que, dessa vez, não há grito nem emoção. Ela cai na água e não volta mais.

Não era para ela ter morrido.

Era ela quem deveria *viver*.

— Ei! Para. Olha pra mim.

Encaro Poe, as lágrimas escorrendo pelas minhas bochechas.

— Você precisa parar com isso — ele adverte, seus dedos apertando o braço do sofá com tanta força que chegam a ficar esbranquiçados. — Não tem como você saber... Simplesmente não tem... Você vai ficar maluca assim.

Respiro fundo, balançando a cabeça. Poe se levanta, caminha na minha direção e resmunga:

— Essa doença é uma bosta de uma prisão! Queria poder te abraçar.

Faço que sim com a cabeça, fungando.

— Vamos fingir que te abracei, tá? — ele diz, piscando para segurar as lágrimas também. — E não se esquece que eu te amo. Mais do que comida! Mais do que a seleção da Colômbia!

Abro um sorriso, assentindo.

— Eu também te amo, Poe. — Ele finge jogar um beijo no ar para mim, sem expirar em minha direção.

Me jogo no sofá vazio e cor de menta, de frente para Poe, imediatamente soltando uma exclamação de dor enquanto minha vista começa a ficar turva. Sento reta e encosto a mão na lateral do meu corpo, o acesso da sonda queimando feito fogo.

Poe fica branco.

— Stella! Está tudo bem?

— É a minha sonda... — explico, sentindo a dor diminuir. Endireito o corpo e sacudo a cabeça, tentando puxar o ar. — Está tudo bem. Está tudo bem.

Respiro fundo e levanto a camiseta. Vejo que a infecção só piorou, a pele vermelha e inchada e um líquido escorrendo na área ao redor da sonda. Arregalo os olhos, surpresa. Faz só oito dias que estou aqui. Como não percebi que tinha piorado tanto?

Poe se retrai, balançando a cabeça.

— Vamos voltar para o seu quarto. *Agora.*

Quinze minutos depois, a dra. Hamid toca delicadamente a pele em torno do acesso da sonda, e eu me contraio quando a dor irradia pela minha barriga e pelo meu peito. Ela afasta a mão, balançando a cabeça enquanto tira as luvas e as joga com cuidado no cesto de lixo perto da porta.

— Temos que remover a pele e substituir seu acesso pra nos livrarmos da infecção.

Fico tonta no mesmo instante, uma onda de frio passando por mim. Essas são as palavras que eu mais temo ouvir desde que percebi que tinha algo errado com a sonda. Abaixo a camiseta, tomando cuidado para o tecido não encostar na área machucada.

— Mas…

Ela me interrompe.

— Sem "mas". Tem que ser feito. Você está correndo o risco de contrair uma sepse. Se a situação piorar, a infecção pode ir para a sua corrente sanguínea.

Nós duas ficamos em silêncio, cientes do tamanho desse risco. Se eu contrair uma sepse, com certeza morro. Mas, por outro lado, se eu passar por uma cirurgia, meus pulmões podem não ter força suficiente para me fazerem acordar.

Ela senta ao meu lado, batendo seu ombro no meu e sorrindo.

— Vai ficar tudo bem.

— Você não tem como saber — retruco, engolindo em seco.

Com o rosto pensativo, ela assente.

— Tem razão. Não tenho. — Ela respira fundo e encara minha expressão ansiosa. — É arriscado. Não posso negar. Mas a sepse é um monstro muito maior e muito mais provável de acontecer.

O medo começa a subir pelo meu pescoço e abraça meu corpo todo. Mas ela está certa.

A dra. Hamid pega o panda sentado do meu lado, olha para ele e sorri de leve.

— Você é uma guerreira, Stella. Sempre foi.

Mostrando o urso de pelúcia para mim, ela olha nos meus olhos.

— Amanhã de manhã, então?

Estico o braço, pegando o panda e fazendo que sim com a cabeça.

— Amanhã de manhã.

— Vou ligar pra avisar os seus pais — ela diz e eu congelo, uma onda de pavor tomando conta de mim.

— Você pode me dar uns minutos pra eu dar a notícia pra eles? Vai ser mais fácil se souberem por mim.

Ela assente, apertando meu ombro, e sai. Deito na cama, agarro Esparadrapo e a ansiedade começa a revolver dentro de mim enquanto penso nas ligações que tenho de fazer. Não paro de escutar a voz da minha mãe na lanchonete, suas palavras ressoando na minha cabeça num ciclo ininterrupto.

Eu não sei o que faria sem você.

Eu não sei o que faria sem você.

Eu não sei o que faria sem você.

Escuto um barulho do lado de fora da porta, viro para olhar e vejo um envelope deslizando por debaixo do vão. Observo uma silhueta contra a luz e dois pés parados por um momento antes de se virarem devagar e irem embora.

Com cuidado, me levanto e abaixo para pegar o envelope. Ao abri-lo, puxo um desenho feito com cores tristes, cinzentas. É uma ilustração de Will franzindo a testa, com um buquê murcho nas mãos e, embaixo, uma legenda que diz: "Desculpa".

Deito de volta na cama, segurando o desenho contra o peito e fechando bem os olhos.

A dra. Hamid disse que sou uma guerreira.

Mas já não sei se sou mesmo.

capítulo 12
WILL

Errei feio. Sei disso.

Saio da nossa ala e cruzo o saguão do hospital depois de deixar o desenho no quarto dela, segurando o celular na mão e ansioso por *algo*. Uma mensagem, uma ligação no FaceTime, *qualquer coisa*.

A essa altura, Stella já deve ter visto o desenho, certo? A luz do quarto estava acesa. Mas ela tem me ignorado desde a nossa briga.

O que eu faço? Ela não quer nem falar comigo.

Mando a mensagem para Jason, fazendo uma careta para mim mesmo. Posso imaginar a cara dele de animação ao me ver interessado em alguém o suficiente para pedir seus conselhos. Ele responde:

Só dá um tempo pra ela, cara.

Frustrado, solto um suspiro profundo. Tempo. Toda essa espera é agoniante.

Me jogo num banco e fico observando as pessoas atravessarem as portas automáticas do hospital. Crianças muito pequenas, nervosas, apertando as mãos dos pais com força. Enfermeiras com sono esfregando os olhos, quando finalmente terminam seus turnos. Visitantes apertando o casaco contra o corpo a caminho de casa no final do dia. Pela primeira vez nesses dias em que estou aqui, gostaria de ser um deles.

Meu estômago ronca alto e eu decido ir à lanchonete para me distrair com comida. A caminho do elevador, fico imóvel quando escuto uma voz familiar vindo de algum canto por ali.

— *No envíe dinero, no puede pagarlo* — a voz diz em um tom sombrio e triste. *Dinero*. Dinheiro. Tive dois anos de Espanhol no Ensino Médio e só consigo dizer uma frase ou outra, mas essa palavra eu reconheço. Espreito de onde a voz veio e vejo que é uma capela, com vitrais enormes e bancos clássicos de madeira. A arquitetura antiga e tradicional destoa do design moderno do hospital.

Vejo Poe sentado na primeira fileira, os cotovelos apoiados nos joelhos enquanto ele fala com alguém no FaceTime.

— *Yo también te extrãno* — diz. — *Lo sé. Te amo, Mamá.*

Ele desliga o celular e apoia a cabeça nas mãos. Abro a porta pesada um pouco mais e as dobradiças rangem alto.

Ele se vira para olhar, surpreso.

— Na capela? — pergunto, minha voz ecoando alto demais no vácuo entre as paredes, enquanto caminho pelo corredor para me aproximar dele.

Ele olha ao redor e sorri sem graça.

— Minha mãe gosta de me ver aqui. Eu sou católico, mas ela é católica *fervorosa*.

Ele suspira e apoia a cabeça no banco da frente.

— Faz dois anos que não a vejo. Ela quer que eu vá visitá-la.

Meus olhos se arregalam de surpresa e sento do outro lado do corredor, a uma distância segura de Poe. Dois anos é muito tempo.

— Faz dois anos que você não vê sua mãe? O que ela te fez?

Com o olhar triste, ele balança a cabeça.

— Não é assim. Meus pais foram deportados para a Colômbia. Mas eu nasci aqui e eles não queriam que eu abandonasse o tratamento. Sou "tutela do estado" até completar dezoito anos.

Que merda. Não consigo nem imaginar como é viver assim. Como podem deportar os pais de um portador de fibrose cística? Os pais de alguém em estado *terminal*?

— Que merda, cara — digo.

Poe assente.

— Sinto saudade deles. Muita saudade.

Franzo a testa e passo os dedos pelo cabelo.

— Poe, você tem que ir. Tem que visitá-los!

Poe suspira e fixa o olhar numa grande cruz de madeira que fica atrás do púlpito. Nesse momento, me lembro da palavra que escutei sem querer. *Dinero*.

— É caro. Minha mãe quer mandar dinheiro pra eu ir pra lá, mas ela não tem como pagar. E é óbvio que não vou tirar a comida do prato dela...

— Olha, se o problema é dinheiro, eu posso ajudar. Sério. Não estou tentando dar uma de idiota privilegiado, mas dinheiro não é um problema pra mim... — Mas antes mesmo de terminar a frase, já sei que ele não vai aceitar.

— Qual é. Para. — Ele vira e me lança um olhar antes de sua expressão suavizar. — Eu... eu vou dar um jeito.

O silêncio paira entre nós, e a quietude da igreja zune em meus ouvidos. Dinheiro não é a única questão aqui. Além disso, sei mais do que ninguém que dinheiro não conserta tudo. Talvez um dia minha mãe se dê conta disso.

— Mas obrigado — Poe diz, por fim, sorrindo. — De verdade.

Faço que sim e o silêncio impera entre nós mais uma vez. Não é justo que minha mãe viva em cima de mim o tempo todo enquanto arrancam sem dó a mãe de outra pessoa. Cá estou eu, contando as horas para fazer dezoito anos, ao mesmo tempo em que Poe tenta atrasar o relógio ao máximo, torcendo para que esse dia demore a chegar, desejando ter mais tempo.

Mais tempo.

Para mim, foi fácil desistir. Foi fácil lutar contra o meu tratamento e me concentrar no tempo que ainda tenho. Parar de me esforçar tanto para ter só mais alguns segundos de vida. Mas Stella e Poe estão me fazendo querer cada segundo a mais que eu conseguir.

E isso me aterroriza mais que tudo.

À noite, deito na cama e encaro o teto enquanto faço a inalação. Sem Stella.

Jason me pergunta por mensagem:

E aí, nada?

O que não me ajuda nem um pouco, já que a resposta é um nítido "não".

Ainda nada. Nem um bilhete. Mas não consigo parar de pensar nela. E, quanto mais ela fica em silêncio, pior fica. Não consigo parar de pensar em como seria ficar perto dela, *tocá-la*, fazê-la se sentir melhor depois de eu ter estragado tudo.

Sinto algo irrompendo dentro do meu peito, nas pontas dos dedos e na boca do estômago. Um anseio pelo contato com a pele macia dela, com as cicatrizes que, com certeza, ela tem espalhadas pelo corpo.

Mas nunca vou poder fazer isso. A distância entre nós nunca vai deixar de existir ou mudar.

Seis passos. Para sempre.

Meu celular toca e eu corro para olhar a tela, ansioso, mas é só uma notificação do Twitter. Frustrado, jogo o celular na cama.

Que merda, Stella. Não pode ficar com raiva para sempre.

Ou pode?

Preciso consertar as coisas.

Desligo o inalador e pulo da cama, colocando os sapatos e olhando o corredor para ter certeza de que a barra está limpa. Vejo Julie entrando em um quarto com uma bolsa de soro na mão e, no mesmo instante, saio de fininho, sabendo que terei tempo suficiente. Caminhando silenciosamente pelo corredor, passo pelo posto vazio da enfermagem e congelo na porta do quarto de Stella, ouvindo uma música baixinho do outro lado.

Ela está lá dentro.

Respirando fundo, bato na porta, o toque dos meus dedos ecoando na madeira desgastada.

Escuto o volume da música diminuir e os passos dela se aproximando cada vez mais da porta. Por um momento, ela hesita. Quando finalmente abre, seus olhos de avelã fazem meu coração bater mais forte.

É tão bom vê-la de novo.

— Você está aqui — digo suavemente.

— Sim, estou — ela fala friamente, se recostando no batente da porta e agindo como se não tivesse me ignorado o dia todo. — Recebi o seu desenho. Está perdoado. Pra trás.

Rapidamente dou alguns passos para trás e me aproximo da parede do outro lado do corredor, deixando dois frustrantes metros de distância entre nós. Encaramos um ao outro, até que Stella pisca e desvia o olhar para verificar se há alguma enfermeira no posto. Depois, ela abaixa a cabeça e fica olhando para o chão.

— Você perdeu nosso tratamento.

Ela parece surpresa de ver que me lembrei, mas continua em silêncio. Percebo que seus olhos estão vermelhos, como se ela tivesse chorado. E não acho que tenha sido pelo que eu falei.

— O que está acontecendo?

Ela respira fundo e, quando começa a me falar, sinto o nervosismo nas suas palavras.

— A pele ao redor da minha sonda está bem infeccionada. A dra. Hamid está preocupada com o risco de sepse. Ela vai tirar minha pele infectada e substituir a sonda amanhã de manhã.

Quando olho em seus olhos, vejo mais do que nervosismo. Ela está com medo. Quero me aproximar dela e segurar sua mão. Quero dizer que tudo vai ficar bem e que uma cirurgia como essa não é nenhum bicho de sete cabeças.

— Vai ser anestesia geral — ela completa.

O quê? Anestesia geral? Com trinta e cinco por cento de capacidade pulmonar? A dra. Hamid ficou maluca?

Agarro o corrimão da parede para conseguir me manter no lugar.

— Merda. E os seus pulmões aguentam?

Nos olhamos por um momento, os seis passos entre nós parecendo quilômetros e mais quilômetros.

Stella desvia o olhar e ignora a pergunta.

— Não se esqueça de tomar os remédios antes de dormir e de ajustar a sonda para a noite, o.k.? — Ela fecha a porta antes que eu consiga responder.

Devagar, me aproximo e apoio a mão contra a madeira, sabendo que ela está bem ali, do outro lado. Respiro fundo e apoio a cabeça na porta, minha voz quase como um sussurro:

— Vai ficar tudo bem, Stella.

Passo os dedos pela placa pendurada em sua porta. Olho para cima, lendo o que está escrito:

PROIBIDO COMIDA OU BEBIDA DEPOIS DE MEIA-NOITE. *CIRURGIA ÀS 6H DA MANHÃ.*

Puxo a mão de volta antes que alguma enfermeira me flagre e volto para o corredor, rumo ao meu quarto. Ao chegar, me jogo na cama. Stella costuma ter tudo sob controle. O que mudou dessa vez? É por causa dos pais? Por causa da sua baixa capacidade pulmonar?

Viro para o outro lado e fixo o olhar no desenho de pulmões que fiz, o que me faz lembrar do que Stella tem pendurado na parede do quarto.

Abby.

É claro que é por isso que ela está tão assustada. É sua primeira cirurgia sem Abby.

Preciso dar um jeito de consertar as coisas. Uma ideia me vem à cabeça e levanto com tudo da cama. Pego o celular do bolso e configuro o alarme para tocar às cinco da manhã pela primeira vez na vida, provavelmente. Em seguida, pego na prateleira minha caixa com material de desenho e começo a planejar.

capítulo 13
STELLA

Aperto Esparadrapo contra o meu peito e olho para os meus pais, sentados cada um de um lado da cama. Os dois sorriem forçadamente para mim, evitando olhar um na cara do outro. Olho para a foto da nossa família pendurada atrás da porta do quarto e desejo ter meus pais de volta, aqueles que sempre me diziam que tudo ficaria bem.

Respirando fundo, reprimo uma tosse enquanto meu pai tenta puxar papo.

Ele segura o cardápio cor-de-rosa que todos os quartos têm, com o prato do dia da lanchonete.

— Acho que hoje vai ter sopa de brócolis para o jantar. Sua favorita, Stell!

— Ela provavelmente não vai conseguir comer logo depois da cirurgia, Tom — retruca a minha mãe, e meu pai faz uma expressão triste.

Tento demonstrar entusiasmo.

— Se eu estiver liberada pra comer, com certeza é essa que vou pedir pra jantar!

Alguém bate na porta e um enfermeiro entra, uma toca protegendo seu cabelo e luvas azuis em suas mãos. Meus pais se levantam e meu pai segura as minhas mãos por um momento.

Reúno todas as forças para disfarçar que elas estão tremendo.

— Nos vemos daqui a pouco, filha — minha mãe diz e os dois me abraçam forte, por mais tempo que o normal. Sinto dor quando a sonda encosta neles, mas aguento firme porque não quero soltá-los.

O enfermeiro puxa as grades da minha cama e as trava. Olho para o desenho de Abby enquanto empurram minha cama para fora e vejo os pulmões saudáveis me chamando. Tudo que eu mais queria neste momento é que ela estivesse aqui comigo, segurando a minha mão e cantando aquela música.

O homem arrasta a cama de rodinhas pelo corredor e meus pais vão ficando cada vez mais distantes, desaparecendo aos poucos, até que me colocam no elevador, no final do corredor. Quando as portas fecham, o enfermeiro sorri para mim. Tento retribuir, mas meus lábios parecem se recusar. Agarro os lençóis com força e meus dedos se entrelaçam no tecido.

A porta do elevador se abre e ouço o zunido dos corredores familiares passar, tudo claro demais, branco demais para fazer sentido.

Atravessamos as pesadas portas duplas rumo à área do pré-operatório, e depois entramos numa sala bem no final do corredor. O enfermeiro fixa a cama no lugar.

— Precisa de algo antes de eu sair? — ele pergunta.

Faço que não, tentando respirar fundo quando ele sai. Silêncio total, exceto pelo bipe constante dos monitores.

Encaro o teto, tentando afastar o pânico crescente que corrói minhas entranhas. Fiz tudo do jeito certo. Tive todo o cuidado, tomei os remédios no horário certo e, mesmo assim, cá estou, prestes a ser submetida a uma cirurgia.

Toda a minha obsessão com o tratamento para nada.

Acho que entendo agora. Entendo o que levou Will a subir naquele telhado. Eu faria qualquer coisa para me levantar dessa cama e sair correndo para o mais longe possível. Para Cabo. Para o Vaticano, conhecer a Capela Sistina. Para todos os lugares que evitei com medo de ficar doente. Mas, no fim das contas, parei aqui, prestes a entrar em outra cirurgia da qual posso não sair.

Meus dedos agarram as barras de metal nas laterais da cama com tanta força que as juntas dos dedos ficam esbranquiçadas. Estou tentando agir feito a guerreira que dra. Hamid disse que sou. Se quero conhecer todos esses lugares, preciso de mais tempo. Tenho que lutar por isso.

A porta abre devagar e uma pessoa alta e magra entra. Ele está usando o mesmo uniforme verde, máscara e luvas azuis que os cirurgiões usam, mas o cabelo marrom e bagunçado aparece por baixo da touca cirúrgica.

Meu olhar cruza o dele e eu solto a proteção de metal da cama, surpresa.

— O que você está fazendo aqui? — sussurro vendo Will sentar numa cadeira ao meu lado e a arrastar um pouco para trás para se manter a uma distância segura.

— É a sua primeira cirurgia sem a Abby — ele explica, e há algo por trás desses olhos azuis que não consigo decifrar. Não é a mesma expressão irônica ou debochada de sempre, é total e completamente genuíno. É um olhar quase sincero.

Engulo em seco, tentando conter as emoções que começam a ferver dentro de mim, meus olhos ficando marejados.

— Como você sabe disso?

— Vi todos os seus vídeos — ele responde, o canto dos seus olhos formando ruguinhas quando sorri. —Acho que dá pra dizer que sou seu fã.

Todos?! Até aquele superconstrangedor que gravei com doze anos?

— Talvez eu erre alguma coisa — ele diz, pigarreando enquanto tira uma folha do bolso.

Ele começa a cantar baixinho.

— *Eu amo você. Um alqueire e um celamim...*

— Vai embora. Eu estou sendo idiota... — gaguejo enquanto enxugo as lágrimas com o dorso da mão, balançando a cabeça.

— *Um alqueire e um celamim e um abraço no pescoço.*

A música[2] da Abby. Will está cantando a música da Abby. Enquanto observo aqueles olhos azuis percorrendo cada palavra da letra escrita num pedaço de papel amassado, lágrimas escorrem pelo meu rosto antes que eu consiga contê-las.

Sinto como se meu coração fosse explodir, de tantas coisas que estou sentindo ao mesmo tempo.

— Minha avó cantava essa música pra gente. Nunca gostei muito, mas a Abby adorava.

Will ri, balançando a cabeça.

— Tive que procurar no Google. Cara, isso é *velho*.

Rio com ele, concordando.

---

[2] N.E.: Referência à música de 1950 "A Bushel and a Peck", de Frank Loesser. Os termos "bushel" e "peck", bem como suas respectivas traduções ("alqueire" e "celamim"), são unidades de medida utilizadas para expressar grandes quantidades. Em inglês, a expressão "a bushel and a peck" é empregada para manifestar intensidade.

— Eu sei. O que será que querem dizer com...

— *Um barril e um monte?*[3] — dizemos ao mesmo tempo, rindo. O olhar dele encontra o meu e faz meu coração dançar dentro do peito, o bipe do monitor apitando cada vez mais rápido. Will inclina o corpo levemente, bem na fronteira da zona de perigo, mas o suficiente para afastar a dor do acesso à sonda.

— Você vai ficar bem, Stella.

A voz dele é profunda. Suave. Nesse momento eu sei que, mesmo sendo uma ideia absurda, se eu morrer aqui, não vou morrer sem ter me apaixonado.

— Promete? — pergunto.

Ele assente e estica o braço, me oferecendo o dedo mindinho. Estico o meu também e assim selamos a nossa promessa. Um pequeno contato, mas, mesmo assim, é a primeira vez que nos tocamos.

E, agora, o medo se foi.

Viro a cabeça em direção à porta à medida que ouço passos se aproximando. A dra. Hamid aparece, acompanhada de uma enfermeira que abre a porta para ela.

— Pronta pra botar o pé na estrada? — ela pergunta, fazendo um sinal de joinha.

Olho em direção à cadeira em que Will estava sentado, o medo me invadindo.

Está vazia.

E então o vejo atrás da cortina cinza, suas costas apoiadas contra a parede. Ele põe um dedo em cima da boca em sinal de silêncio e puxa a máscara para sorrir para mim.

---

[3] N.E.: Tradução livre de *a barrel and a heap*, verso da música "A Bushel and a Peck".

Retribuo o sorriso e, quando olho de novo para Will, começo a acreditar no que ele me disse.

Vai ficar tudo bem.

Alguns minutos depois, estou deitada na mesa de cirurgia numa sala com pouca luz, exceto por uma bem forte logo acima da minha cabeça.

— O.k., Stella. Você sabe o que fazer — diz uma voz, segurando uma máscara com a mão em uma luva azul.

Meu coração começa a bater forte, cheio de nervoso. Viro para olhar para os médicos e seus olhos escuros enquanto eles colocam a máscara no meu nariz e boca. Quando eu acordar, tudo terá acabado.

— Dez — digo, olhando do anestesista para a parede da sala de cirurgia. Vejo algo que me parece estranhamente familiar.

O desenho do pulmão de Abby.

Como?

Mas eu sei como, é claro. Will. Foi ele quem pendurou o desenho na sala de cirurgia. Uma única lágrima cai do meu olho e eu continuo contando.

— Nove. Oito. — As flores começam a se mesclar, o azul, o rosa e o branco do desenho se misturando e virando um borrão. As cores atravessam o papel e se aproximam de mim.

— Sete. Seis. Cinco. — De repente, o céu escuro ganha vida e se embaralha com as flores, as estrelas preenchendo tudo ao meu redor. Tudo dança e cintila acima da minha cabeça, perto o suficiente para conseguir tocá-los.

Escuto uma voz cantarolando ao longe.

Um alqueire e um celamim.

— Quatro. Três.

Minha vista começa a escurecer, meu mundo ficando mais e mais escuro. Eu me concentro numa única estrela, um único pontinho de luz que fica mais brilhante, mais quente e mais fascinante.

O cantarolar cessa e eu escuto uma voz distante e confusa. Abby. Ah, meu Deus. É a voz de Abby.

— ... volta... não.

— Dois — sussurro, sem saber se falei em voz alta ou não. E, no momento seguinte, eu a vejo. Vejo Abby bem na minha frente, a imagem meio borrada a princípio, mas então perfeitamente nítida. O cabelo encaracolado do meu pai, o sorriso enorme dela e seus os olhos cor de avelã, idênticos aos meus.

— mais... tempo...

Ela está me afastando da luz.

— Um.

Escuridão.

capítulo 14
WILL

Abro a porta devagar, olhando para os dois lados antes de sair da sala do pré-operatório e quase trombando com uma enfermeira. Desvio o olhar rapidamente e coloco a máscara no rosto para me disfarçar enquanto ela entra.

Dou alguns passos apressados e me escondo atrás da parede ao lado da escada, notando um homem e uma mulher sentados em lados opostos da sala de espera vazia.

Estreitando meus olhos, olho de um para o outro.

Conheço-os de algum lugar.

— Posso te fazer uma pergunta? — o homem pergunta e a mulher olha para ele, cerrando a mandíbula.

Ela parece uma versão mais velha de Stella. Os mesmos lábios e sobrancelhas grossas, o mesmo olhar expressivo.

Os pais de Stella.

Ela assente uma vez, parecendo desconfiada. Dá para cortar a tensão com uma faca. Sei que eu deveria ir embora. Deveria abrir a porta que dá para a escada e voltar para o meu andar antes de me meter em alguma confusão, mas algo me faz ficar.

— O piso do meu banheiro é... hum, roxo. Que cor de tapete devo comprar pra colocar no...

— Preto — ela responde, abaixando a cabeça. A mulher olha para as próprias mãos, para o cabelo caindo em seu rosto.

Há um momento de silêncio e vejo a porta do corredor se abrir devagar. Barb. Nenhum dos dois percebe a chegada dela. O pai de Stella pigarreia:

— E as toalhas?

A mãe de Stella joga as mãos para o ar, irritada.

— Não importa, Tom.

— Mas importava quando decoramos o escritório. Você disse que o tapete...

— Nossa filha está passando por uma cirurgia e você quer fala sobre *toalhas*? — ela retruca com cara de raiva. Nunca vi Barb tão descontente. Ela cruza os braços e se endireita enquanto observa a discussão entre os dois, olhando de um para o outro.

— Só quero conversar — o pai diz suavemente. — Sobre qualquer coisa.

— Ah, meu Deus, você está me matando. Para... — Sua voz some quando os dois veem Barb, que parece cada vez mais enfurecida, do mesmo jeito que fica quando nós aprontamos alguma.

Ela respira fundo, puxando todo o ar da sala.

— Não consigo *imaginar* a dor de vocês por terem perdido a Abby — ela diz com a voz muito séria. — Mas a *Stella...* — Barb aponta para a porta do pré-operatório, onde, em algum lugar, Stella está deitada em uma mesa prestes a ser operada. — ela está lutando pela vida dela lá dentro. E está fazendo isso por *vocês dois*.

Constrangidos, eles desviam o olhar.

— Se não conseguem ser amigos, pelo menos ajam como adultos — ela dispara, sua voz carregada de frustração.

Uau, Barb. *Acabou* com eles.

A mãe de Stella balança a cabeça.

— Não consigo ficar perto dele. Olho pra ele e vejo a Abby.

O pai de Stella ergue a cabeça de repente, mal olhando no rosto dela antes de virar a cara de novo.

— Eu vejo a Stella quando olho pra você.

— Vocês *são* os pais dela. Esqueceram dessa parte? Sabiam que, quando ela descobriu que teria de passar por uma cirurgia, pediu à médica pra deixar que ela mesma contasse pra vocês porque estava com medo de vocês não aguentarem? — Barb conta, encarando os dois.

Deus, não é de se estranhar essa obsessão de Stella em lutar pela própria vida. Esses dois perderam uma filha e depois perderam um ao outro. Se Stella morresse, seus pais provavelmente ficariam malucos.

Meu pai foi embora antes de eu adoecer mais, antes de ver os estragos que a fibrose cística causaria em mim. Ele não conseguia lidar com um filho doente. E com certeza não aguentaria um filho morto. Mas *dois*?

Fico observando quando os pais de Stella finalmente se olham, *realmente* se olham, e um silêncio emotivo impera entre os dois.

Stella vem cuidando de todos nós. Da mãe, do pai, *de mim*. Continuo na contagem regressiva para os dezoito anos, para me tornar um adulto e tomar as rédeas da minha vida. Talvez tenha chegado o momento de eu agir como um. Talvez seja a hora de cuidar de mim mesmo.

Pisco, olhando para Barb, seus olhos se arregalando ao mesmo tempo que os meus.

Ah, não. Eu me sinto como uma presa avistada pelo caçador, sem saber se devo fugir ou apenas me preparar para o que está por vir. Hesito por um tempo maior do que deveria e ela se aproxima, agarra o meu braço e me puxa até o elevador.

— Ah, não vai fugir, não.

Fico em silêncio enquanto as portas do elevador se abrem e ela me arrasta para dentro.

Barb aperta o botão do primeiro andar, uma, duas, três, quatro vezes, balançando a cabeça. Posso sentir sua raiva irradiando feito uma corrente elétrica.

— Olha, Barb, eu sei que você está com raiva, mas a Stella estava com medo. Eu só precisava vê-la…

As portas do elevador fecham e ela se vira para me encarar, sua expressão retorcida de ira.

— Você poderia ter *matado* ela, Will. Poderia ter acabado com a única chance que ela tinha de receber novos pulmões.

— Ela está correndo mais risco com essa anestesia do que ficando perto de mim — rebato.

— Não! — Barb grita conforme o elevador vai desacelerando até as portas abrirem. Ela sai depressa e eu vou atrás dela, chamando-a.

— Qual é o seu problema, Barb?!

— Trevor Von e Amy Presley. Dois jovens com fibrose cística, mesma idade que você e a Stella — explica Barb, virando de frente para mim. — A Amy entrou no hospital com B. cepacia.

Ela está séria, então eu me seguro antes de fazer um dos meus típicos comentários e a deixo continuar.

— Eu era jovem, tinha mais ou menos a idade da Julie. Nova na enfermagem. Nova na *vida*.

Barb desvia o olhar e parece viajar no tempo.

— Trevor e Amy se apaixonaram. Todos nós sabíamos as regras. Nenhum contato, dois metros de distância. E eu... — Ela aponta o dedo para si. — Eu permiti que os dois quebrassem as regras porque queria ver os dois felizes.

— Deixa eu adivinhar, os dois morreram? — pergunto, sabendo a resposta antes mesmo de Barb me responder.

— Sim. — Ela olha fundo nos meus olhos, lutando para conter as lágrimas. — O Trevor pegou B. cepacia da Amy. A Amy viveu por mais dez anos. Mas ele... saiu do topo da lista de transplante e viveu por mais dois anos antes de a bactéria acabar com a sua função pulmonar.

Merda.

Engulo em seco, olhando de Barb para o quarto de Stella, logo depois do posto da enfermagem. As coisas que podem acontecer com os portadores de fibrose cística, as histórias que ouvimos, são infinitas. Mas escutar Barb falar sobre Trevor e Amy parece real demais.

— Foi no *meu* turno, Will — ela continua, apontando para si mesma e balançando a cabeça, culpada. — De jeito nenhum vou deixar isso acontecer de novo.

E, com isso, ela se vira e vai embora, me deixando sem palavras.

Viro para o lado e vejo Poe parado na porta do quarto dele, com uma expressão que não consigo entender. Ele ouviu a conversa toda. Ele abre a boca para dizer algo mas eu ergo a mão, pedindo para não dizer nada. Vou direto para o meu quarto e fecho a porta com força.

Pego o notebook da mesa da cabeceira e sento na cama. Meus dedos pairam sobre o teclado até que por fim, digito. Eu digito *B. cepacia*.

As palavras parecem atravessar a tela.

Contaminação.

Risco.

Infecção.

Com uma simples tosse ou um mero toque, posso arruinar a vida de Stella. Ou arruinar qualquer chance que ela tenha de receber novos pulmões. Posso *fazer mal* à Stella.

Eu já sabia disso, acho. Mas nunca tinha de fato *entendido*.

Só de pensar nessas possibilidades, sinto meu corpo todo doer. É pior do que todas as cirurgias, as infecções, ou acordar de manhã sem conseguir respirar direito. Até pior do que a dor de estar no mesmo quarto que Stella e não poder tocá-la.

Morte.

É isso que eu sou. É isso que eu sou para Stella.

A única coisa pior do que não poder ficar com ela ou perto dela seria viver num mundo sem ela. Principalmente se fosse por minha culpa.

capítulo 15
STELLA

— **Hora de acordar, querida** — uma voz diz, ao longe.

É a voz da minha mãe, bem perto agora. Do meu lado.

Respiro fundo e o mundo começa a entrar em foco, mas minha cabeça está confusa. Pisco ao ver o rosto da minha mãe, meu pai ao seu lado.

Estou viva. Consegui.

— Aí está a minha Bela Adormecida — ela diz, e eu esfrego os olhos, grogue. Sei que acabei de acordar, mas estou *exausta*.

— Como você está se sentindo? — meu pai pergunta e eu respondo com um grunhido sonolento, sorrindo para os dois.

Ouço alguém bater à porta e Julie entra, empurrando uma cadeira de rodas para me levar para o meu quarto. Para a minha *cama*. Obrigada, Senhor.

Balanço a mão no ar, faço um sinal com o polegar e pergunto:

— Pode me dar uma carona?

Julie ri e meu pai me ajuda a sair da cama e sentar na cadeira de rodas. Não sei qual analgésico me deram, mas ele é *forte*. Não consigo sentir o meu rosto, muito menos a dor do acesso da sonda.

— Nós vamos passar aqui mais tarde pra ver como você está — meu pai fala e eu faço um sinal de joinha para os dois, mas congelo em seguida.

Espera.

Nós.

Nós vamos passar mais tarde pra ver como você está?

— Eu acordei em uma realidade paralela?   murmuro, esfregando os olhos enquanto olho para os dois.

Minha mãe sorri e acaricia meu cabelo devagar enquanto olha para o meu pai.

— Você é *nossa* filha, Stella. Sempre foi e sempre será.

Esses remédios são *realmente* fortes.

Abro a boca para dizer alguma coisa, mas estou atordoada e exausta demais para formular uma frase. Só faço que sim, sentindo minha cabeça leve e se movimentando para cima e para baixo.

— Durma um pouco, querida — minha mãe diz, dando um beijo na minha testa.

Julie empurra minha cadeira até o elevador. É praticamente impossível manter os olhos abertos, minhas pálpebras parecem mais pesadas que dois sacos de batatas.

— Nossa, Jules, eu estou *acabada* — falo com a voz enrolada, olhando de canto para ela, sua barriga de grávida bem à altura dos meus ombros.

A porta do elevador se abre e Julie me leva até o meu quarto, depois travando as rodas da cadeira.

— Sua pele e a sonda parecem bem melhores. Você já vai estar de volta à vida normal hoje à tarde. Mas nada de fazer abdominais.

Julie me ajuda a me acomodar na cama, meus braços e pernas parecendo chumbo. Ela ajeita meus travesseiros e me deita com cuidado, me cobrindo em seguida. Olho para sua barriga.

— Você vai poder segurar seu próprio bebê no colo — digo com um suspiro triste.

Julie olha nos meus olhos. Ela senta na beirada da cama e solta um longo suspiro.

— Vou precisar de ajuda, Stella. Estou sozinha nessa. — Ela sorri, seus olhos azuis cheios de ternura. — Não consigo pensar em outra pessoa em quem possa confiar mais do que você.

Estico o braço, tentando ser o mais delicada possível enquanto minhas mãos exaustas dão dois tapinhas na barriga de Julie.

Arrasei.

Abro um sorriso de orelha a orelha.

— Vou ser a melhor tia do mundo.

Tia Stella. Eu, tia? Relaxo na cama, sonolenta, os analgésicos e a cirurgia me derrubando de vez. Julie beija a minha testa e sai, fechando a porta devagar. Eu me aninho no travesseiro, me enrolando e puxando meu panda para perto. Olho para a mesinha ao meu lado e meus olhos começam a fechar bem devag... Espera. Eu me sento e pego uma caixa de presente amarrada com uma fita vermelha.

Puxo a fita e caixa se transforma num buquê feito à mão, as flores lilás, hortênsias cor-de-rosa e flores silvestres brancas do desenho de Abby ganhando vida.

Will.

Sorrio e coloco o desenho de lado com cuidado, tateando ao redor à procura do meu celular. Quando o encontro, faço um esforço desumano para conseguir enxergar a tela e encontrar o número de Will. Aperto o símbolo de ligação, ouço o barulho da chamada e fecho os olhos no momento em que ela cai na caixa-postal. Tomo um susto ao ouvir o bipe e começo a falar com a voz arrastada:

— Sou eu! A Stella. Não me liga de volta, o.k.? Porque acabei de voltar do centro cirúrgico e estou exausta, mas me liga quando… ouvir essa mensagem. Mas não, não liga. Porque, se eu ouvir essa sua voz sexy, não vou conseguir dormir. Então, me liga, tá?

Eu me atrapalho com o celular, mas consigo apertar o ícone para encerrar a chamada. Eu me enrolo na cama, puxando a coberta para mais perto do corpo, e agarro meu panda de novo. Ainda estou olhando para as flores quando pego no sono.

Meu celular começa a vibrar, me despertando do sono profundo do pós-operatório. Rolo para o lado, sentindo os olhos um pouco menos pesados, e vejo Poe me ligando no FaceTime. Tateando a tela, finalmente consigo apertar o botão verde, e o rosto dele aparece.

— Você está viva!

Sorrio, esfregando os olhos e sentando. Continuo sonolenta, mas o efeito das drogas já passou o suficiente para eu sentir a cabeça menos aérea.

— Oi. Estou viva — digo, arregalando os olhos ao notar o lindo buquê de flores que continua na minha mesa de cabeceira. — A sonda está com um aspecto bom.

Will. Me lembro vagamente de ter aberto o buquê.

Checo de novo as minhas mensagens. Duas da minha mãe. Três de Camila. Uma de Mya. Quatro do meu pai. Todos querendo saber como estou.

Não há nenhuma do Will.

Meu coração despenca no meu peito.

— Tem falado com o Will? — pergunto, franzindo a testa.

— Não — Poe responde, balançando a cabeça. Ele está com cara de quem quer dizer mais alguma coisa, mas não diz.

Respiro fundo e tusso, sentindo uma dor onde a infecção estava. Ai. Me alongo um pouco. A dor definitivamente continua lá, mas muito menor.

Vejo uma notificação no Instagram e deslizo o dedo na tela. É uma mensagem de Michael, que recebi enquanto estava dormindo. Ele enviou ontem à noite para saber como Poe estava, me perguntando da bronquite dele. E – o mais surpreendente – se ele ia visitar os pais na Colômbia. Eu não fazia ideia de que ele estava sequer considerando a possibilidade.

Michael e eu ficamos conversando por quase uma hora, falando sobre o quanto ele se sentia feliz por saber que eu estava internada no mesmo hospital que Poe, e o quanto Poe é uma pessoa incrível.

Sobre como ele não entendia por que tudo tinha terminado.

Ele realmente gosta do Poe.

— O Michael me mandou mensagem — conto, esperando para ver a reação de Poe na tela.

— O quê? — ele pergunta, surpreso. — Por quê?

— Pra perguntar como você está. — Poe se mantém inexpressivo, sério. — Ele é um doce. Parece te amar de verdade.

Ele revira os olhos.

— Se metendo em coisa minha de novo. Dá pra ver que você já está recuperada.

Poe está desperdiçando o amor. Porque ele tem *medo*. Medo da distância. Medo de deixar alguém participar da bagunça que é a vida de um portador de fibrose cística. Sei bem como é sentir isso. Mas esse medo não impede que coisas ruins aconteçam.

Não quero mais esse sentimento.

— Só estou dizendo... — comento, dando de ombros casualmente, embora esteja falando sério. — Ele não se importa que você esteja doente.

Michael não liga para o fato de que Poe tem fibrose cística. Ele liga para o fato de não poder estar ao lado de Poe para cuidar dele.

Quando se tem FC, nunca se sabe quanto tempo de vida ainda resta. Mas, sinceramente, também não sabemos quanto tempo de vida ainda resta para as pessoas que amamos. Desvio o olhar para o buquê feito à mão.

— E essa história de visitar a sua família? Você vai mesmo, né?

— Me liga quando o efeito das drogas passar — ele diz, me olhando incomodado e desligando.

Respondo rapidamente as mensagens dos meus pais, pedindo para irem para casa descansar, já que começou a anoitecer e eu preciso dormir mais um pouco. Faz horas que estão enfurnados aqui, e não quero que esperem eu acordar para cuidarem de si mesmos.

Mas eles se recusam a deixar o hospital e, alguns minutos depois, ouço uma batida na porta e os dois aparecem *juntos*, enfiando a cabeça pela fresta para olhar para mim.

Lembro vagamente do "nós" que ouvi logo que acordei e os vi juntos pela primeira vez desde a morte de Abby.

— Como você está se sentindo? — minha mãe pergunta, sorrindo e beijando minha testa.

Sento e balanço a cabeça.

— Olha, vocês dois realmente precisam ir embora, já estão aqui há...

— Somos seus pais, Stell. Mesmo que não estejamos mais juntos, continuamos do seu lado — meu pai diz, segurando e apertando a minha mão. — Você vem sempre em primeiro lugar. E, nesses últimos meses... nós dois não temos demonstrado muito isso.

— Os últimos meses têm sido difíceis pra todos nós — minha mãe fala, trocando um olhar de compreensão com meu pai. — Mas não é sua responsabilidade fazer com que a gente se sinta melhor, o.k.? Somos seus pais, querida. Mais que tudo, queremos que você seja feliz, Stella.

Eu assinto. Não esperava algo assim nem em um milhão de anos.

— Aliás — meu pai diz, se jogando numa cadeira ao lado da cama. — A sopa estava ótima. Vocês podem dizer o que quiserem da comida da lanchonete, mas eles fazem uma sopa de brócolis com cheddar *incrível*.

Minha mãe e eu nos entreolhamos e sorrimos, a risada dando lugar a gargalhadas que tenho que conter por causa dos pontos. A tristeza continua ali, mas sinto um pouco do peso nos ombros diminuindo devagar. Respiro fundo, inalando com um pouco mais de facilidade do que em algum tempo. Talvez essa cirurgia não tenha sido uma coisa tão ruim no fim das contas.

Tiro mais um cochilo depois que meus pais saem, eliminando o resquício de moleza do meu corpo. Quando acordo, o efeito da anestesia já passou completamente. Me sento devagar e, me alongando, sinto a dor da cirurgia na lateral do corpo e no meu peito. O efeito dos analgésicos também está passando.

Levanto a camisola para dar uma olhada. A pele continua vermelha e dolorida por conta da cirurgia, mas já parece mil vezes melhor.

Meu olhar paira no buquê de papel e dou um sorriso animado, levantando da cama com cuidado e respirando fundo. O ar luta para entrar e sair dos meus pulmões. Arrasto o oxigênio portátil até a mesa da cabeceira e ponho a cânula no nariz para dar uma forcinha para o meu organismo.

Respondo as mensagens de Mya e Camila para avisar que acordei e que elas não precisam se preocupar. Estou nova em folha. Ou, pelo menos, com trinta e cinco por cento da minha capacidade pulmonar de novo.

Ainda tenho que contar para elas sobre o lance com meus pais, mas as duas estão entrando num barco agora e eu também tenho um lugar para onde ir.

Eu me troco com cuidado e visto uma legging e uma camiseta *tie-dye* que a Abby trouxe para mim quando foi para o Grand Canyon. Me olho no espelho e percebo que minhas olheiras estão mais profundas do que nos últimos meses. Escovo o cabelo rapidamente e o prendo num rabo de cavalo bem apertado, franzindo a testa ao ver que o resultado não ficou tão bom quanto eu gostaria.

Solto o cabelo de novo e faço que sim com a cabeça, feliz, conforme ele cai suavemente pelos meus ombros. Pego minha bolsa de maquiagem no fundo da gaveta e passo um pouco de rímel e brilho labial, sorrindo ao imaginar a alegria de Will não só por me ver viva, mas maquiada, seus olhos azuis fitando os meus lábios com gloss. Ele terá vontade de me beijar?

Quer dizer, nós *nunca* poderíamos fazer isso, mas será que ele teria vontade?

Fico vermelha só de imaginar e mando uma mensagem rápida para ele, dizendo para me encontrar no pátio daqui a dez minutos.

Ajustando a alça do oxigênio portátil no ombro, saio do quarto com pressa, pego o elevador e atravesso a ponte para o Edifício 2, onde há um pátio que ocupa toda a parte de trás do prédio. Eu me sento num banquinho, olhando para as árvores ao redor e para a fonte de pedra cuja corrente de água faz um barulho agradável atrás de mim.

Meu coração quase sai pela boca só de pensar em vê-lo daqui a alguns minutos.

Ansiosa e empolgada, pego o celular e verifico a hora. Faz dez minutos que mandei a mensagem para Will, mas nada dele.

Envio outra mensagem:

Estou aqui. Recebeu a minha mensagem? Cadê você?

Mais dez minutos se passam. E mais dez.

Talvez ele esteja dormindo. Ou os amigos dele apareceram para visitá-lo e ele não conseguiu olhar o celular.

Viro animada quando ouço a porta abrir atrás de mim, sorrindo ao finalmente ver... Poe. O que Poe está fazendo aqui?

Ele olha para mim com uma cara séria.

— O Will não vai vir.

— O quê? — consigo dizer — Por quê?

— Ele não quer te ver. Não vai vir.

Ele não quer me *ver*? Como assim? Poe me entrega um pacote de lencinhos e eu os pego da mão dele, confusa.

— Ele me disse que esse lance de vocês acabou.

O sentimento de choque e de mágoa se transforma em raiva, uma raiva verdadeira, profunda, que escala meu estômago. Por que ele cantaria a música da Abby para mim antes da cirurgia? Por que se enfiaria na sala do pré-operatório correndo o risco de ser pego? Por que faria um buquê de papel se esse "lance" entre a gente acabou?

Uma lágrima de frustração escorre pelo meu rosto e abro o pacote de lenços com força.

— Odeio ele — digo, enxugando os olhos com raiva.

— Não, não odeia — Poe rebate, encostado na parede e olhando para mim. Sua voz é suave, mas firme.

Eu rio, balançando a cabeça.

— Ele deve ter se divertido bastante com a louca controladora do 302, não é mesmo? Ele não quis me dizer isso pessoalmente pra rir na minha cara? Que estranho.

Eu fungo e paro para pensar um pouco, porque, embora eu esteja brava, tem alguma coisa errada. Isso não faz sentido.

— Ele está bem? Aconteceu alguma coisa?

Poe faz que não.

— Não, não aconteceu nada. — Ele hesita por um momento e olha por cima dos meus ombros, em direção à fonte. — Bom, acho que sim. — Ele olha nos meus olhos. — Barb aconteceu.

Ele me conta sobre o que ouviu no corredor, como Barb confrontou Will sobre nós dois e insistiu que um possível relacionamento entre nós poderia nos matar.

Nem espero Poe terminar. Por quanto tempo mais eu vou viver minha vida com medo do "e se"? Minha vida gira em torno de tratamentos e porcentagens e, dado o fato de que acabei de sair de uma cirurgia, o risco parece nunca diminuir. Cada minuto da minha existência é atravessado pelo "e se?", e com Will não seria diferente.

Mas de uma coisa eu não tenho dúvida. Tudo seria diferente sem ele.

Passo com tudo por Poe, empurro as portas pesadas, subo as escadas e atravesso a ponte até o elevador.

— Stella, espera — ele chama, mas preciso encontrar o Will. Preciso que *ele* me diga que é isso que ele quer.

Aperto o botão do elevador com força mais de uma vez, mas ele demora muito para chegar. Olho para os lados e vejo Poe vindo na minha direção, confuso. Continuo subindo a escada, tossindo e apertando a lateral do meu corpo. A dor em torno da região operada faz a minha cabeça girar. Abro a porta e disparo pelas escadas.

Chego ao nosso andar, abro as portas duplas e bato na porta do quarto 315. Olho para o posto da enfermagem, que, para a minha sorte, está vazio.

— Will — ofego, o peito arfando. — Não vou sair daqui enquanto você não falar comigo.

Silêncio. Mas sei que ele está lá.

Ouço os passos de Poe atrás de mim, parando a seis passos de distância.

— Stella — ele me chama, balançando a cabeça e tão ofegante quanto eu.

Eu o ignoro e bato de novo, mais alto dessa vez.

— Will!

— Vai embora, Stella — ele pede do outro lado da porta. Há uma pausa, e então: — Por favor.

Por favor. Tem algo no jeito que ele fala isso. Um desejo, profundo e forte.

Estou cansada de não viver de verdade. Cansada de viver desejando coisas. Há muito na vida que não podemos ter. Mas podemos ter isso.

Eu sei que sim.

— Will, só abre a porta pra gente conversar.

Um minuto inteiro se passa até a porta se abrir o suficiente apenas para eu ver a sombra dele no piso. Quando ele não sai, começo a recuar contra a parede do corredor, como sempre faço.

— Vou me afastar, o.k.? Vou ficar na parede. Me afastar o suficiente. — Lágrimas começam a se formar nos meus olhos de novo e eu engulo em seco, contendo-as.

— Eu não posso, Stella — ele diz suavemente e, pela fresta, vejo sua mão agarrando o batente da porta.

— Por que não? Will, vamos…

Com a voz firme, ele me interrompe.

— Você sabe que eu quero. Mas não posso. — Sinto a voz dele embargada, e é aí que eu percebo.

Percebo que esse "lance" entre nós não acabou. Está apenas começando.

Dou um passo em direção à porta, precisando vê-lo mais do que preciso respirar.

— Will…

A porta se fecha na minha cara e o trinco volta ao lugar. Olho para ela, paralisada, sentindo todo o ar me deixando.

— Talvez seja melhor assim — uma voz diz atrás de mim.

Viro e dou de cara com Poe, parado no corredor com o olhar triste, mas a voz firme.

— Não. — Balanço a cabeça. — Não. Eu posso dar um jeito nisso. Eu preciso dar um jeito, Poe. Eu só…

Minha voz vacila e eu olho para baixo. Tem que ter um jeito.

— Não somos pessoas normais, Stell — ele diz com a voz gentil. — Não podemos correr esse tipo de risco.

Levanto minha cabeça e o encaro com raiva. Raiva de todas as pessoas que estão contra nós.

— Ah, dá um tempo você também, Poe!

— Só admita o que realmente está acontecendo aqui —
ele rebate, tão frustrado quanto eu. Ficamos nos olhando por
um tempo e ele balança a cabeça. — O Will é rebelde. Ele é
o tipo de pessoa que curte correr riscos, como a Abby.

Sinto uma onda de frio me invadir.

— Você quer me dizer o que eu devo fazer com a minha
vida? — eu grito. — E a sua? Você e o Tim. Você e o Rick.
Marcus. *Michael*.

Poe cerra a mandíbula.

— Não continua.

— Ah, eu posso continuar falando — retruco. — Todos eles
sabiam da sua doença e te amavam mesmo assim. Mas *você* fu-
giu deles, Poe, não eles. *Você*. Todas as vezes. — Abaixo a voz e
balanço a cabeça, desafiando-o. — Você tem medo de quê, Poe?

— Você não sabe do que está falando! — ele grita de volta, sua voz enfurecida. Sei que cutuquei uma ferida.

Dou alguns passos para a frente e olho fundo em seus olhos.

— Você estragou todas as chances que teve de ser feliz
no amor. Então, por favor, guarde seus conselhos pra você.

Eu me viro e saio pisando com força pelo corredor, o ar
carregado de raiva. Ouço a porta dele bater com tudo atrás
de mim, o som alto ecoando entre as paredes. Entro no meu
quarto e bato a porta com a mesma força.

Encaro a porta fechada, arfando, meu peito subindo e
descendo em uma tentativa desesperada de recuperar o fôlego. O silêncio paira no quarto, exceto pelo sibilo do oxigênio
e das batidas do meu coração. Minhas pernas cedem e eu
deslizo até o chão, cada célula do meu corpo sucumbindo à
cirurgia, a Will e a Poe.

Tem que ter um jeito. Há um caminho. Só preciso descobrir qual.

A CINCO PASSOS DE VOCÊ **163**

***

Os dias seguintes se misturam em um borrão. Meus pais vêm me visitar separadamente, e depois, na quarta-feira à tarde, juntos, sem serem exatamente simpáticos, mas pelo menos cordiais um com o outro. Converso com Mya e Camila pelo FaceTime, mas só nos breves intervalos das aventuras delas por Cabo. Perambulo pelo hospital, checando os horários, as dosagens dos remédios e outros procedimentos do tratamento no aplicativo, como sempre, mas já não é mais tão satisfatório quanto antes.

Nunca me senti tão sozinha.

Ignoro Poe. Will me ignora. E eu continuo tentando encontrar um jeito de consertar tudo isso, mas nada me vem à mente.

Na quinta-feira à noite, sento na cama e pesquiso sobre a B. cepacia pela milionésima vez e, de repente, escuto um barulho na minha porta. Intrigada, endireito o corpo. Quem será? Levanto para ver e, ao abrir a porta, dou de cara com um potinho etiquetado com uma frase escrita à mão: "*TRUFAS NEGRAS*". Agacho para pegar o frasco e vejo um post-it rosa grudado na tampa, com a mensagem: **"Você tem razão. Pelo menos dessa vez ;)**".

Poe. Um sentimento de alívio percorre meu corpo.

Abro o primeiro sorriso sincero depois de quatro dias. Dou uma olhada no corredor e vejo a porta do quarto dele se fechando. Pego o celular e ligo para ele.

Nem uma chamada completa e ele já atende.

— Quer um donut? — pergunto.

Nos encontramos na sala de espera. Compro um pacote dos mini donuts de chocolate favoritos de Poe na máquina automática e jogo para ele, na poltrona.

Ele agarra o pacote no ar e me lança um olhar enquanto compro um para mim.

— Valeu.

— De nada — respondo e sento de frente para ele, que me fuzila com os olhos.

— Vaca — ele diz.

— Cuzão.

Trocamos um sorriso, nossa briga oficialmente acabada.

Poe abre o pacote, pega um donut e dá uma mordida nele.

— Eu *tenho* medo — ele admite, olhando nos meus olhos. — Sabe o que a pessoa que me ama ganha? A chance de me ajudar a pagar meu tratamento e me ver morrendo. Como isso é justo para alguém?

Ouço o que ele tem a dizer, entendendo seu ponto. Acho que a maioria das pessoas com uma doença terminal sofre com isso. Com o sentimento de que é um fardo para os outros. Senti isso com os meus pais várias vezes, principalmente nos últimos meses.

— Apólices. Médicos. Internações. Cirurgias. Quando eu fizer dezoito anos, perco a cobertura do seguro. — Poe respira fundo, sua voz embargada. — O Michael deveria se preocupar com isso? Ou a minha família? A doença é minha, Stella. O problema é *meu*.

Uma lágrima escorre pelo seu rosto, e ele a enxuga depressa. Me inclino para a frente, querendo consolá-lo, mas, como sempre, estou a seis passos de distância.

— Ei — digo com um sorriso. — Talvez você possa convencer o Will a casar com você. Ele é rico.

Poe desdenha e, em tom de provocação, comenta:

— Ele não é muito exigente. Ele gosta de *você*.

Arremesso um donut nele e acerto em cheio o seu peito. Ele ri, mas logo volta a ficar sério.

— Sinto muito. Por vocês dois.

— Eu também.

Engulo em seco e bato o olho num mural bem atrás da cabeça de Poe, cheio de papéis, avisos e um alerta sobre higienização. Esse último é cheio de desenhos, cada um deles instruindo sobre a maneira correta de lavar as mãos ou de tossir em público.

Dou um pulo quando uma ideia começa a se formar na minha cabeça.

Minha lista de tarefas acabou de ganhar mais um item.

capítulo 16
WILL

Balanço minhas pernas na beirada do telhado e ouço a mensagem de Stella de novo e de novo e de novo, só para ouvir sua voz. As luzes de seu quarto estão apagadas, exceto pela da escrivaninha, e posso vê-la digitando no computador sem parar, seu cabelo castanho preso num coque bagunçado.

O que será que ela está fazendo no computador a essa hora da noite?

Ela ainda pensa em mim?

Olho para cima e vejo quando pequenos flocos de neve começam a cair gentilmente nas minhas bochechas, pálpebras e testa.

Ao longo dos anos, já estive no telhado de vários hospitais. Observei o mundo lá embaixo e experimentei a mesma sensação em todos eles, desejando caminhar pelas ruas, mergulhar no oceano ou viver a vida como nunca pude.

Desejando algo que nunca poderei ter.

Mas agora o que eu mais quero não está lá fora. Está bem aqui, a poucos metros de mim, perto o suficiente para eu tocar. Mas não posso. Nunca pensei que poderia desejar tanto uma coisa a ponto de irradiar para os braços, pernas e em cada respiração.

Meu celular toca e vejo um aviso do aplicativo de Stella, um emoji em formato de pílula dançando na tela.

Hora dos remédios da noite!

Não sei nem explicar por que continuo seguindo o tratamento. Mas olho para ela mais uma vez, fico de pé e caminho até a porta que dá para a escada, pegando minha carteira antes que a porta feche. Desço lentamente os degraus e volto para o terceiro andar, olhando de um lado para o outro para ter certeza de que não tem ninguém no corredor antes de voltar para o meu quarto.

Vou até o carrinho de medicamentos e pego os comprimidos da noite junto com um potinho de flã de chocolate, exatamente como Stella me ensinou. Observo o desenho que fiz de mim mesmo como Ceifador, a lâmina da foice escrito "AMOR".

Você ainda está bem?

Hope pergunta numa mensagem de texto.

Com um suspiro, tiro o capuz da blusa e respondo, omitindo um pouco a verdade.

Sim, estou bem.

Abasteço a bolsa de soro e vou para a cama. Pego meu notebook da mesa de cabeceira, abro a página do YouTube e clico solenemente num vídeo de Stella que aparece na lista de sugestões que eu já assisti, porque agora sou patético desse jeito.

Hope e Jason nem me reconheceriam.

Desativo o volume e observo o modo como Stella põe o cabelo atrás da orelha quando está concentrada, o jeito com que joga a cabeça para trás quando ri, e também o modo como ela cruza os braços quando está nervosa ou chateada. Vejo o modo como ela olha para Abby e para os seus pais, e até o jeito com que faz piada com as amigas – mas, mais que tudo, observo como as pessoas a amam. E não vejo isso só na sua família. Vejo nos olhos de Barb, de Poe e de Julie. Vejo em todos os médicos e enfermeiras e pessoas que cruzam o caminho dela.

Até mesmo os comentários dos vídeos dela não são aquela merda que a maioria dos vídeos no YouTube atrai.

De repente, não consigo mais assistir. Fecho o notebook, apago a luz e deito na escuridão, sentindo cada batida do meu coração, alta e resoluta.

No dia seguinte, olho pela janela, vendo o sol da tarde de inverno desaparecer aos poucos no horizonte enquanto a vibração incessante do meu AffloVest tamborila em meu peito. Olho o celular e fico surpreso ao ver uma mensagem da minha mãe, perguntando como estou – em vez de perguntar aos meus médicos –, pela primeira vez desde sua visita há quase duas semanas.

Fiquei sabendo que você está seguindo o seu tratamento. Bom saber que tomou juízo.

Revirando os olhos, jogo o celular na cama e cuspo na bacia que estou segurando. Olho para a porta quando um envelope desliza por baixo dela, meu nome escrito na frente.

Sei que eu não deveria me animar, mas, mesmo assim, solto o colete, pulo da cama e corro para pegá-lo. Rasgo-o e tiro de dentro um pedaço de papel muito bem dobrado. Ao abri-lo, vejo um desenho todo feito com giz de cera.

Um garoto alto e com o cabelo ondulado está de frente para uma garota baixinha, com "Will e Stella" escrito embaixo deles em giz preto. Sorrio ao ver os pequenos corações cor-de-rosa flutuando ao redor da cabeça dos dois, e rio ao ver a seta gigante no meio deles, em que está escrito "CINCO PASSOS DE DISTÂNCIA. SEMPRE!", em letras vermelhas grandes.

Está na cara que Stella não herdou a mesma habilidade artística de Abby, mas o desenho ficou fofo. O que exatamente ela quer dizer? E *cinco passos*? São seis, e ela sabe disso.

Meu notebook apita atrás de mim e eu corro até ele, passando o dedo no *touchpad* e vendo um aviso de mensagem. De Stella.

Não há nada além de um link para um vídeo no YouTube. Ao clicar, sou direcionado ao vídeo mais recente dela, postado há exatamente três minutos.

B. cepacia – Uma hipótese.

Sorrio com cautela ao ler o título. Stella acena para a câmera, seu cabelo preso num coque bagunçado, do mesmo jeito que estava quando a vi ontem, do telhado. Na cama à sua frente, há uma pilha de itens cuidadosamente empilhados.

— Oi, gente! Então, hoje eu quero falar de um assunto um pouquinho diferente: *Burkholderia cepacia*. Os riscos, as restrições e as regras de convivência entre os pacientes que contraíram essa bactéria, além de ensinar como falar esse nome dez vezes seguidas. Sério, que *tipo de nome* é esse?

Continuo assistindo, confuso.

— Legal, então: a B. cepacia é uma bactéria super-resistente. Ela é tão adaptável que se alimenta de penicilina em vez de ser eliminada por ela. Então, nossa primeira linha de defesa é... — Stella faz uma pausa, pega um frasco bem pequeno e o segura de frente para a câmera. — Antisséptico para as mãos! Mas esse *não* é o que vocês estão acostumados a usar. Esse é de uso hospitalar. Usem de modo liberal e irrestrito!

Ela pega um par de luvas de látex azuis e as coloca nas mãos, remexendo os dedos para ajustá-las bem.

— O próximo passo é a boa e velha luva de látex. Testada, aprovada e usada como uma barreira de proteção em... — Stella olha para a cama, pigarreia e examina a pilha de coisas ao redor dela. — ... em todas as situações.

Todas as situações? Balanço a cabeça, um sorriso invadindo meu rosto. *O que* ela está fazendo?

Em seguida, ela pega um punhado de máscaras cirúrgicas e as pendura no pescoço.

— A B. cepacia se desenvolve especialmente na saliva ou no catarro. Uma simples tosse é capaz de alcançar até dois metros de distância, ou seis passos de um adulto médio. E um espirro consegue viajar a até *sessenta metros por hora*, então se segurem quando estiverem com alguém.

Sessenta metros por hora. Nossa. Ainda bem que não tenho nenhum tipo de alergia, senão estaria todo mundo ferrado.

— Nada de saliva também significa nada de beijo. — Stella respira fundo e olha bem para a câmera. — Nunca.

Solto o ar, assentindo solenemente. Que merda. Só de pensar em beijá-la... Balanço a cabeça.

Meu batimento cardíaco praticamente triplica só de imaginar.

— Nossa melhor defesa é a distância. Dois metros – seis passos de um adulto mediano – é a regra de ouro — ela diz e, logo em seguida, inclina o corpo para pegar um taco de sinuca ao lado da cama. — Isso aqui tem mais ou menos um metro e meio. Cinco passos.

Olho para o desenho de nós dois e o balãozinho de fala vermelho me chama mais atenção ainda.

"Cinco passos de distância sempre".

Cara, onde foi que ela conseguiu um taco de sinuca?

Ela o segura, olhando-o intensamente.

— Andei pensando bastante no número seis. E, pra ser sincera, comecei a ficar com raiva. — Ela olha para a câmera. — Como portadores de fibrose cística, somos privados de muitas coisas. Vivemos todo santo dia de acordo com tratamentos e comprimidos.

Ando de um lado para o outro, escutando cada uma de suas palavras.

— A maioria de nós não pode ter filhos, muitos não vivem o suficiente nem pra tentar. Só quem sofre disso sabe como é, mas não podemos nos apaixonar uns pelos outros. — Stella levanta, determinada. — Então, depois de tudo que a fibrose cística tirou de mim – de *nós* –, vou roubar algo de volta.

Ela segura o taco num gesto de desafio, lutando por cada um de nós.

— Estou roubando trezentos e quatro ponto oito milímetros. Trinta centímetros inteiros. Um passo de distância, espaço, comprimento.

Olho para a tela, completamente embasbacado.

—A fibrose cística não vai roubar mais nada de mim. De agora em diante, eu sou a ladra.

Posso jurar que ouço um grito de animação à distância, de alguém apoiando Stella. Ela faz uma pausa, olhando direto para a câmera. Olhando direto para *mim*. Fico ali, atônito, e dou um pulo quando ouço três batidas na porta.

Abro e lá está ela. Ao vivo.

Stella.

Ela segura o taco na horizontal, encostando a ponta dele no meu peito, suas sobrancelhas cheias me desafiando:

— Cinco passos de distância. Você topa?

Com um suspiro, confirmo com a cabeça, a lembrança do que ela disse no vídeo já me fazendo querer eliminar o espaço entre nós e beijá-la.

— Vai ser difícil pra mim, não vou mentir.

Ela me encara intensamente.

— Só me fala, Will. Você topa?

Eu nem hesito.

— Com certeza.

— Então esteja no pátio. Às nove.

E, com isso, ela abaixa o taco, se vira e caminha pelo corredor até seu quarto. Eu a observo ir embora, sentindo o entusiasmo superar a sensação de dúvida que ameaça corroer o meu estômago.

Dou risada quando ela ergue o taco de sinuca em sinal de vitória como na cena final de *O Clube dos Cinco*, sorrindo para mim antes de entrar no 302.

Suspiro profundamente e balanço a cabeça.

A fibrose cística não vai roubar mais nada de mim.

capítulo 17
STELLA

— **Por que eu não trouxe nada legal?** — reclamo com Poe, que está encostado na porta me ajudando. Tiro pijamas, calças de moletom e camisetas folgadas das minhas gavetas enquanto procuro desesperadamente algo para vestir à noite.

Ele ri, irônico.

— Ah, claro. Porque você geralmente faz as malas pensando em viver uma história de amor sexy num hospital, não é?

Pego um short curtinho de seda da gaveta e fico olhando para ele. *Não posso. Posso?*

Tipo, é isso ou uma calça larga de flanela que ganhei da Abby de segunda mão.

— Minhas pernas são bonitas, né?

— Nem pensa nisso, safada! — ele diz, me lançando um olhar significativo antes de cairmos na gargalhada.

Penso nas minhas amigas em sua última noite em Cabo e, pela primeira vez desde que cheguei aqui, não queria estar lá. Queria que elas estivessem aqui, me ajudando a me arrumar. Na verdade, estou feliz por *não* estar a tantos quilômetros de distância daqui.

Olho para o relógio na cabeceira da cama. Cinco horas. Tenho mais quatro para pensar em algo…

Atravesso as portas do pátio e dou de cara com um vaso cheio de rosas brancas. Pego uma delas, dobrando o caule até quebrar, e coloco-a atrás da orelha. Vendo o meu reflexo no vidro da porta, sorrio, aproveitando para checar como estou rapidamente. Deixei o cabelo solto, só prendi a franja para trás com o laço das flores que Will me deu, e estou usando o short de seda e uma regata, apesar das risadas de Poe.

Estou até que bonita, considerando que montei esse visual a partir do pior guarda-roupa para encontros da face da Terra.

É bom saber que o Will definitivamente gosta de mim por quem eu sou. Quer dizer, ele praticamente só me viu de pijama ou com o roupão do hospital, então é óbvio que não entrou nessa pela minha beleza ou impecável Coleção de Outono Hospitalar 2018.

Ajeito as luvas azuis de látex nas mãos, checando mais uma vez se o antisséptico para as mãos está pendurado no meu oxigênio portátil.

Sentada num banco, olho para a porta lateral que leva à ala infantil, um sentimento de nostalgia me invadindo. Eu costumava vir aqui escondida para brincar com as crianças que não tinham fibrose cística quando eu era pequena. Bom, e com o Poe também. O pátio não mudou muito ao longo dos anos. As mesmas árvores altas, as mesmas flores coloridas, o mesmo aquário de peixes tropicais perto das portas, onde

Poe e eu levamos uma bronca de Barb por jogar migalha de donuts para eles.

O pátio pode não ter mudado muito desde a minha primeira vinda ao Hospital St. Grace, mas eu com certeza mudei. Tive tantas primeiras vezes aqui que já até perdi as contas.

Minha primeira cirurgia. Meu primeiro melhor amigo. Meu primeiro milk-shake de chocolate.

E, agora, meu primeiro encontro *de verdade*.

Escuto a porta abrir devagar, estico o pescoço e vejo Will.

— Aqui — sussurro, levantando para erguer o taco de sinuca na direção dele.

Ele abre um sorriso enorme e segura a outra ponta do taco com a mão enluvada. Percebo que há uma garrafa enorme de antisséptico enfiada no bolso da frente da calça dele.

— Uau — ele diz, seus olhos quentes me observando, o que faz o meu coração dar cambalhotas no peito.

Will está usando uma camisa xadrez azul de flanela, bem justa em seu corpo esguio, o que deixa seus olhos ainda mais azuis e cintilantes. Seu cabelo está mais arrumado. Penteado, mas ainda bagunçado daquele jeito que é incrivelmente sexy.

— Essa é uma bela flor — ele comenta, mas seus olhos ainda estão nas minhas pernas, no decote da minha blusa de seda.

Fico vermelha e aponto para a rosa atrás da minha orelha.

— Ah, essa rosa? Essa aqui? Aqui em cima?

Ele desvia o olhar, me olhando de um jeito que nenhum cara jamais olhou.

— Essa mesmo — ele responde, assentindo.

Puxo o taco de sinuca e caminhamos pelo pátio em direção à entrada. Will olha para o lado e vê o vaso cheio de rosas brancas em cima da mesa. Seus olhos formam pequenas rugas quando ele sorri.

— Você anda roubando flores, Stella? Primeiro um passo inteiro e agora *isso*?

Dou risada e toco a rosa presa atrás da minha orelha.

— Você me pegou. Eu a roubei.

Ele puxa a outra ponta do taco e balança a cabeça.

— Não, você só a colocou num lugar muito mais bonito.

capítulo 18
WILL

Não consigo tirar os olhos dela.

A fita vermelha no cabelo. A rosa atrás da orelha. O jeito como ela olha para mim.

Parece que nada disso é real. Nunca me senti assim por ninguém, principalmente porque os relacionamentos que tive antes eram basicamente focados em viver rápido, morrer jovem e sempre mudar para outro hospital. Nunca fiquei com alguém ou em algum lugar por tempo suficiente para realmente me apaixonar.

Não que, se eu tivesse tido a oportunidade, teria me apaixonado. Nenhuma delas era Stella.

Paramos em frente a um aquário gigante, e preciso reunir todas as minhas forças para tirar os olhos dela e observar os peixes coloridos do outro lado do vidro. Acompanho o movimento de um peixe laranja e branco que nada em torno do coral, no fundo do aquário.

— Quando eu era bem pequena, ficava encarando esses peixes, imaginando como seria a sensação de prender a respiração por tempo suficiente pra nadar como eles — ela conta, seguindo meu olhar.

Isso me pega de surpresa. Eu sabia que Stella se tratava no St. Grace há algum tempo, mas não sabia que ela já estava aqui quando criança.

— Quantos anos você tinha?

Ela observa o peixe nadar para o topo e mergulhar para o fundo de novo.

— A dra. Hamid, a Barb e a Julie cuidam de mim desde que eu tinha seis anos.

Seis anos. Nossa. Não consigo nem me imaginar frequentando um lugar por tanto tempo.

Passamos pela porta e caminhamos até o saguão principal, a imensa escadaria se estendendo à nossa frente. Stella olha para mim e, com o taco de sinuca, aponta para os degraus.

— Vamos subir.

Subir? Olho para ela como se fosse maluca. Meus pulmões queimam só de imaginar, e eu me lembro da exaustão que senti depois das minhas idas ao telhado. Não é exatamente sexy. Se ela quer que esse encontro dure mais do que uma hora, não dá nem para pensar em subir esses degraus.

Ela abre um sorriso.

— Brincadeira.

Perambulamos pelo hospital quase vazio, as horas se misturando enquanto caminhamos e conversamos sobre nossas famílias e amigos e tudo entre eles, o taco de sinuca balançando de um lado para o outro entre nós dois. Chegamos à passarela que une os Edifícios 1 e 2 e a atravessamos devagar, esticando o pescoço vez ou outra para olhar o céu de tempestade da noite através do teto envidraçado. A neve cai devagar e incessantemente, pousando no vidro e ao nosso redor.

— E o seu pai? — ela finalmente pergunta e eu dou de ombros.

— Ele foi embora quando eu era pequeno. Ter um filho doente não estava nos planos dele.

Stella observa o meu rosto, tentando decifrar minha reação.

— Faz tanto tempo que aconteceu que às vezes parece que estou contando a história de outra pessoa. Como se eu tivesse decorado a vida de outra pessoa.

Ele não tem tempo para mim, eu não tenho tempo para ele. Simples assim.

Ela muda de assunto quando vê que estou falando sério:

— E sua mãe?

Tento segurar a porta para ela passar, o que aparentemente é *bem complicado* quando se está segurando a ponta de um taco de sinuca e precisa manter uma distância de cinco passos médios da outra pessoa, mas sou um cavalheiro, droga.

Suspiro e respondo à pergunta de modo breve e genérico.

— Linda. Inteligente. Determinada. E completamente focada em mim.

Stella me olha de um jeito que mostra que a resposta não foi suficiente.

— Depois que meu pai foi embora, parece que ela decidiu cuidar de mim por dois. Às vezes sinto que ela não me vê. Não me conhece. Ela só vê a fibrose cística. E agora a B. cepacia.

— Você já falou com ela sobre isso? — ela pergunta.

Faço que não, tentando me livrar do assunto.

— Ela não fica tempo o suficiente comigo pra me ouvir. Está sempre dando alguma ordem, e daí vai embora. Mas, daqui a dois dias, quando eu fizer dezoito anos, vou tomar minhas próprias decisões.

Stella para de repente e eu sou puxado quando o outro lado do taco recua em direção a ela.

— Espera aí. Seu aniversário é daqui a dois dias?

Respondo com um sorriso, mas ela não retribui.

— Sim! Dezoito, número da sorte.

— Will! — ela exclama e bate o pé, chateada. — Não tenho um presente pra você!

Tem como ela ficar *mais* fofa?

Dou uma batidinha na perna dela com o taco de sinuca, mas pela primeira vez estou falando sério. Tem algo que eu realmente quero.

— Que tal uma promessa, então? Me faz companhia no próximo aniversário?

Ela parece surpresa, mas concorda com a cabeça.

— Eu prometo.

Stella me leva até a academia e as luzes com sensor começam a acender quando ela passa pelos aparelhos com o taco de sinuca na mão, caminhando até uma porta num canto bem afastado onde nunca estive.

Olhando para os lados, ela abre a tampa do teclado numérico e digita um código.

— Você conhece mesmo esse lugar, hein? — falo quando as portas destravam com um clique enquanto uma luz verde se acende no teclado.

Ela dá um sorriso convencido e me olha enquanto fecha a tampa.

— Essa é uma das vantagens de ser a queridinha do professor.

Dou uma risada. Boa.

Sinto o bafo quente do deque da piscina assim que abrimos a porta, e minha risada ecoa pelo espaço vazio. A sala está escura, exceto pelas luzes da piscina que refletem o movimento leve da água. Tiramos nossos sapatos e sentamos na beirada. A água está fria apesar do calor do ambiente, mas a temperatura esquenta conforme mexemos os pés.

Um silêncio confortável paira entre nós e eu olho para Stella, a um taco de sinuca de distância.

— Então, o que você acha que acontece quando morremos?

Ela sorri e balança a cabeça.

— Esse não é bem o tipo de pergunta que rola num primeiro encontro, né?

Dou de ombros e rio.

— Fala sério, Stella. Somos pacientes terminais. É impossível que você não tenha pensado nisso.

— Bom, está na minha lista de tarefas.

Claro que está.

Ela encara a água enquanto faz movimentos circulares com os pés.

— Eu gosto de uma teoria que diz que, pra entender a morte, a gente tem que pensar no nascimento. — Ela mexe na fita do cabelo enquanto fala. — Então, quando estamos no útero, já estamos vivendo *aquela* existência, certo? Não fazemos ideia de que a *próxima* existência está prestes a acontecer.

Ela dá de ombros e olha para mim.

— Talvez seja assim com a morte. Talvez seja apenas uma vida nova. A poucos centímetros.

Uma vida nova a poucos centímetros da gente. Franzo a testa enquanto penso nisso.

— Mas se a morte é o começo e o fim ao mesmo tempo, qual é verdadeiro começo, então?

Stella ergue suas sobrancelhas grossas e olha para mim, nem um pouco impressionada com o meu enigma.

— Tá legal, dr. Seuss. Me diz a sua opinião sobre o assunto, então.

Dou de ombros e me inclino para trás.

— É o sono dos justos. A paz eterna. Um piscar de olhos e acabou.

Ela faz que não com a cabeça.

— Não mesmo. Não tem a menor chance da Abby ter piscado e acabado. Eu me recuso a acreditar nisso.

Fico em silêncio e a observo, minha língua coçando para fazer a pergunta que estou segurando desde que descobri que sua irmã tinha morrido.

— O que aconteceu? — pergunto — Com a Abby?

Stella para de mexer as pernas, a água ainda se movendo em torno das suas panturrilhas, mas ela responde:

— Ela foi fazer *cliff diving* em Vermont e caiu do jeito errado quando bateu na água. Quebrou o pescoço e se afogou. Disseram que ela não sentiu dor nenhuma. — Com uma expressão perturbada, seus olhos encontram os meus. — Como eles podem saber, Will? Como eles podem saber se ela sentiu dor ou não? Ela sempre esteve do meu lado quando eu sentia dor, e eu não estava lá por ela.

Balanço a cabeça. Tenho que lutar contra todos os meus instintos para não pegar a mão dela. Não sei o que dizer. Simplesmente não há como saber. Ela volta a olhar para a água, os olhos vidrados e a mente a quilômetros de distância, em algum penhasco de Vermont.

— Era pra eu ter ido com ela. Mas fiquei doente, como sempre. — Stella suspira devagar, com esforço, seu olhar fixo num ponto no fundo da piscina. — Fico imaginando como foi o tempo todo, querendo saber o que ela sentiu ou pensou. E como eu não tenho como saber, ela nunca para de morrer pra mim. Vejo a cena na minha cabeça de novo e de novo.

Balanço a cabeça e cutuco a perna dela com o taco de sinuca. Ela pisca e olha para mim, seu olhar entrando em foco.

— Stella, mesmo que você estivesse lá, não teria como saber.

— Mas ela morreu sozinha, Will — ela responde, o que é algo que não tenho como negar.

— Mas todos nós morremos sozinhos, não? As pessoas que amamos não podem ir conosco. — Penso em Hope e Jason. Na minha mãe. Penso no que a deixará mais abalada, me perder ou perder para a doença.

Stella volta a balançar as pernas na água, em círculos.

— Você acha que se afogar dói? Dá medo?

Dou de ombros.

— É assim que vamos partir, não é? Afogados. Só que sem a água. Nossos próprios fluidos vão fazer o trabalho sujo.

De canto de olho, vejo-a estremecer, e a encaro.

— Pensei que você não tivesse medo de morrer.

Ela suspira profundamente, me olhando exasperada.

— Não tenho medo de *estar* morta. Mas da parte de morrer. Sabe, de como é. — Quando não digo nada, ela continua: — Você não sente nem um pouco de medo?

Reprimo o meu instinto de ser sarcástico. Quero ser sincero com ela.

— Eu penso sobre aquele último suspiro. A tentativa de puxar o ar. Tentar e tentar respirar e não conseguir. Penso nos músculos do meu peito queimando e se dilacerando, completamente inúteis. Nada de ar. Nada de nada. Só a escuridão. — Olho para a água ondulando debaixo dos meus pés, a familiar imagem detalhada da cena se instalando no meu estômago. Estremeço, dou de ombros e sorrio para Stella.

— Mas olha só. Essa é só uma segunda-feira normal pra mim. Nos outros dias não penso nisso.

Ela estica o braço e eu sei que quer segurar minha mão. Sei disso porque quero segurar a dela também. Meu coração para por um momento e eu a vejo congelar, cerrando o punho e abaixando a mão.

Seus olhos encontram os meus, e eles estão cheios de compreensão. Ela conhece esse medo. Mas então ela dá um sorriso discreto, e eu percebo que, apesar de tudo isso, estamos aqui.

Por causa dela.

Eu me esforço para respirar fundo, observando a luz da piscina refletir na clavícula, no pescoço e nos ombros de Stella.

— Meu Deus, você é linda. E corajosa — digo. — É um crime eu não poder te tocar.

Ergo o taco de sinuca, desejando mais que tudo que fossem meus dedos percorrendo sua pele. Com cuidado, deslizo a ponta do taco pelo seu braço, pela curvatura do ombro e percorro o caminho até chegar no pescoço. Ela estremece ao sentir meu "toque" e mantém os olhos fixos em mim, sua bochecha ficando vermelha conforme o taco vai subindo.

— Seu cabelo — digo, "tocando" o ombro dela onde os fios recaem. — Seu pescoço — continuo, a luz da piscina iluminando sua pele. — Sua boca — digo por fim, sentindo a gravidade perigosa entre nós me atraindo para perto dela, me desafiando a beijá-la.

Ela desvia o olhar, repentinamente tímida.

— Eu menti quando a gente se conheceu. Nunca fiz sexo. — Stella puxa o ar com força e toca a lateral do corpo enquanto fala. — Não quero que ninguém me veja. As cicatrizes. A sonda. Não tem nada sexy em...

— Tudo em você é sexy — eu digo, interrompendo-a. Ela me encara e quero que veja no fundo dos meus olhos que estou dizendo a verdade. Quer dizer, é só *olhar* para ela. — Você é perfeita.

Ela afasta o taco de sinuca e fica de pé, trêmula. Ela segura a barra de sua blusa e começa a tirá-la, mantendo os olhos fixos em mim enquanto, pouco a pouco, seu sutiã preto de renda aparece. Ela joga a regata no deque da piscina, meu queixo indo junto para o chão.

Depois, ela tira o short e, deixando-o de lado, se endireita. Me convidando a olhar.

Ela me deixou sem ar. Tento registrar o máximo que posso, olhando-a ferozmente dos pés à cabeça, admirando suas pernas, seu peito, o quadril. O reflexo da luz serpenteia pelas cicatrizes espalhadas em seu peito e na sua barriga.

— Meu Deus. — É tudo o que consigo dizer. Nunca imaginei que poderia sentir inveja de um taco de sinuca, mas quero sentir a pele dela contra a minha.

Stella me lança um sorriso provocador antes de entrar na piscina e ficar completamente submersa. Ela me encara, seu longo cabelo espalhado ao seu redor como se ela fosse uma sereia. Agarro o taco com mais força quando ela volta à superfície em busca de ar.

Com uma risadinha, ela pergunta:

— Quanto tempo deu? Cinco segundos? Dez?

Fecho a boca e pigarreio. Até onde eu sei, pode ter passado um ano inteiro.

— Eu não estava contando. Eu estava admirando.

— Bom, eu te mostrei o meu… — ela diz, me desafiando.

E eu nunca fujo de um desafio.

Fico de pé e desabotoo a camisa. Agora é ela quem me observa. Ela não diz nada, mas seus lábios estão abertos, não franzidos, não com pena.

Caminho até os degraus da piscina, tirando minha calça, e fico ali por um momento de cueca boxer, a água e Stella me chamando. Entro na piscina aos poucos, nossos olhos grudados um no outro enquanto nos esforçamos para respirar.

E pela primeira vez na vida, não tem nada a ver com a fibrose cística.

Mergulho na água e Stella me acompanha. Bolhas se formam na superfície enquanto nos olhamos através do mundo submerso, nossos cabelos flutuando ao nosso redor em direção à superfície, as luzes da piscina lançando sombras nos nossos corpos esguios.

Sorrimos um para o outro e, embora haja um milhão de motivos pelos quais eu não deva, não consigo negar que estou me apaixonando por ela.

capítulo 19
STELLA

Saímos da piscina, nossos cabelos secando aos poucos conforme a noite dá lugar ao dia que amanhece. Passamos por coisas que já vi um milhão de vezes em todos esses anos no St. Grace: seguranças cochilando, médicos sacudindo furiosamente a máquina de comida quebrada da recepção, o mesmo piso de cerâmica branca e os mesmos corredores mal iluminados, mas tudo parece diferente com Will ao meu lado. É como se eu estivesse vendo tudo pela primeira vez. Não sabia que era possível uma pessoa transformar coisas velhas em novas de novo.

Caminhamos devagar pela lanchonete e paramos em frente a uma enorme janela de vidro, longe de todo o movimento, observando o céu clarear aos poucos. Tudo continua quieto do outro lado do vidro. Meu olhar repousa nas luzes do parque ao longe.

Com um suspiro, aponto para elas.

— Está vendo aquelas luzes?

Will faz que sim, me observando, seu cabelo jogado para trás por conta da água da piscina.

— Sim. Sempre olho pra elas quando estou no telhado. Ele fica me olhando enquanto observo o parque.

— Abby e eu íamos pra lá todos os anos. Ela chamava as luzes de estrelas, porque há muitas. — Eu sorrio e dou uma risada depois. — Minha família me chamava de Estrelinha.

Escuto a voz da minha irmã no meu ouvido, me chamando pelo apelido. Dói, mas a dor parece menos intensa.

— Ela fazia pedidos às estrelas e nunca, nunca me contava o que eram. Ela dizia que, se contasse, o desejo nunca se realizaria. — Ao longe, os pontinhos de luz brilham e me chamam como se Abby estivesse lá fora. — Mas eu sabia. Ela pedia pulmões novos pra mim.

Inspiro e expiro, sentindo o esforço sempre presente dos meus pulmões para subir e descer, e me pergunto como seria ter pulmões novos. Pulmões que, por um curto espaço de tempo, transformariam completamente a minha vida. Pulmões que de fato funcionariam. Pulmões que me deixariam respirar, correr e me dariam mais tempo para viver de verdade.

— Espero que o desejo dela se torne realidade — Will diz, e eu apoio minha testa no vidro frio, olhando para ele.

— Espero que a minha vida não seja em vão — digo, meu próprio desejo para as luzes cintilantes.

Ele me olha demoradamente.

— A sua vida é tudo, Stella. Você afeta as pessoas muito mais do que imagina. — Ele coloca a mão no peito, na altura do coração. — Falo por experiência própria.

Minha respiração embaça o vidro da janela e, com o dedo, desenho um grande coração. Nos olhamos pelo reflexo do vidro, e sinto uma força me puxando para Will pelo espaço vazio. Ela atrai cada parte do meu corpo: o peito, os braços, a ponta dos meus dedos. Quero beijá-lo mais do que qualquer coisa na minha vida.

Em vez disso, beijo seu reflexo no vidro.

Ele se inclina devagar, tocando o próprio lábio com as pontas dos dedos, como se tivesse sentido, e nos viramos um para o outro. Atrás de Will, vejo a luz do sol começando a iluminar a linha do horizonte e a lançar um feixe de luz em seu rosto, seus olhos brilhantes cheios de algo novo, mas familiar ao mesmo tempo.

Minha pele começa a formigar.

Will dá um pequeno passo na minha direção, sua mão enluvada deslizando pelo taco de sinuca, seu olhar cuidadoso conforme meu coração dispara. Dou um passo à frente para roubar mais alguns centímetros, para ficar um pouco mais perto dele.

Mas meu celular começa a tocar sem parar, e a magia do momento flutua para longe feito um balão. Pego o aparelho no bolso de trás e vejo uma mensagem de texto de Poe, sentindo um misto de tristeza e alívio quando Will e eu nos afastamos.

SOS.
A Barb está procurando vocês!!!
ONDE VOCÊS ESTÃO?

Ah, meu Deus. O pânico preenche cada parte do meu corpo, e eu me viro para Will com os olhos arregalados. Se ela nos pegar juntos, nunca teremos um segundo encontro.

— Ah, não. Will. A Barb está nos procurando!

O que vamos fazer? Não poderíamos estar mais longe da nossa ala.

Por uma fração de segundo, ele também parece apavorado, mas logo franze a testa e assume o modo "estou no controle".

— Stella, qual é o primeiro lugar em que ela iria te procurar?

Meu cérebro trabalha.

— A UTI Neonatal!

A entrada oeste. Barb virá do outro lado. Se eu correr, talvez consiga chegar lá a tempo.

Olho o elevador e vejo as portas se fechando lentamente. Com uma careta, apoio o taco de sinuca na parede da recepção e saio correndo em direção às escadas enquanto Will faz o mesmo na direção oposta, de volta ao nosso andar.

Andando o mais rápido que posso, subo as escadas, sentindo os braços e as pernas começarem a queimar enquanto arrasto o corpo até o quinto andar. Puxo o oxigênio portátil mais para cima e avanço pelo corredor vazio. Meus passos retumbam no chão e minha respiração sai em uma sequência frenética.

Isso é péssimo. A Barb vai me *matar*. Quer dizer, primeiro ela vai matar o Will, depois com certeza eu.

Meus pulmões parecem estar pegando fogo quando me jogo contra a porta com um enorme número cinco vermelho, a entrada oeste que dá para a UTI Neonatal finalmente aparecendo. Tento puxar o máximo de ar possível, tossindo desesperadamente enquanto abro a proteção do teclado numérico, minhas mãos tão trêmulas que mal consigo digitar a senha.

Vou ser pega. Cheguei tarde demais.

Seguro minha mão direita com a esquerda para fazê-la parar de tremer o suficiente para digitar o número 6428. UTI Neonatal. A porta desbloqueia com um clique e eu me jogo em um sofá vazio, minha cabeça girando enquanto fecho os olhos e finjo dormir.

Nem um segundo depois, a porta da entrada leste abre. Ouço passos e sinto o perfume de Barb logo em seguida, quando ela para do meu lado. Meu peito arde conforme tento desesperadamente controlar a respiração e parecer tranquila quando tudo que o meu corpo pede é um pouco de ar.

Sinto um cobertor sendo colocado por cima do meu corpo e, depois, escuto os passos de Barb pelo corredor em direção à entrada leste, a porta abrindo e fechado atrás dela.

Me endireito no sofá, tossindo, meus olhos cheios d'água ao mesmo tempo em que uma dor lancinante atravessa meu peito e todo o meu corpo. A dor vai diminuindo aos poucos e a visão vai clareando à medida que meu corpo recebe o ar de que precisa. O alívio que sinto agora é proporcional à quantidade de adrenalina que percorre minhas veias.

Pego meu celular e envio um emoji de joinha para Will. Ele responde meio segundo depois com:

NÃO ACREDITO QUE NÃO FOMOS PEGOS.

Eu rio, me afundando no sofá quentinho. O turbilhão que vivi ontem à noite ainda faz meu coração flutuar a milhas e milhas acima do hospital.

Ouço alguém bater na porta e acordo abruptamente do meu cochilo desconfortável na poltrona verde e horrorosa ao lado da janela. Com sono, esfrego os olhos e checo meu celular, com olhos semicerrados.

Já é uma da tarde. Isso explica os três milhões de mensagens que recebi de Camila, Mya e Poe perguntando sobre ontem à noite.

Ontem à noite.

Sorrio só de lembrar, sentindo uma onda de felicidade me invadir. Levanto e me arrasto até a porta para abri-la, confusa ao não ver ninguém do outro lado. Que estranho. Então olho para baixo e vejo um milk-shake da lanchonete no chão, com um bilhete embaixo do copo.

Abaixo para pegá-lo e sorrio ao ler:

O Poe disse que você gosta de chocolate. Baunilha é obviamente o melhor sabor, mas vou deixar passar porque gosto de você.

Will até se deu o trabalho de desenhar um pódio, com uma casquinha de sorvete de baunilha vencendo a de chocolate e a de morango pela medalha de primeiro lugar.

Eu rio, olho para o corredor e vejo Will na porta de seu quarto, usando máscara e luvas. Ele abaixa a máscara e faz uma careta quando Barb aparece no corredor. Depois, pisca para mim e abre a porta, desaparecendo antes que ela o veja.

Escondo o milk-shake e o bilhete nas costas, abrindo um grande sorriso para ela.

— Bom dia, Barb!

Ela desvia o olhar do prontuário de um paciente e me olha com cara de desconfiada.

— Já é de tarde.

Faço que sim, voltando para o meu quarto.

— Ah, sim, claro. Tarde. — Com a mão livre, gesticulo. — Essa neve toda, sabe como é… fica difícil saber a hora direito… se é dia, noite…

Reviro os olhos, fechando a porta antes que eu diga mais alguma bobagem.

Somos discretos no restante do dia para não alimentar a desconfiança de Barb. Nem arriscamos conversar pelo Skype ou por mensagem. Aproveito para reorganizar meu carrinho de remédios, passando bilhetinhos sorrateiramente debaixo da porta de Will toda vez que passo pelo corredor para pegar algum item.

Ele vai até a máquina automática umas doze vezes, e suas respostas vêm acompanhadas de um novo saco de salgadinho ou de algum doce.

Quando será o encontro número dois?

Ele pergunta e eu sorrio, olhando para a tela do meu notebook no que passei o dia trabalhando.

Meu plano para o aniversário dele, amanhã.

capítulo 20
WILL

Com sono, observo minha mãe da beirada da minha cama enquanto ela discute com a dra. Hamid. Como se gritar pudesse ajudar a mudar minhas estatísticas. Não houve alterações com o Cevaflomalin.

Não é exatamente o melhor presente de aniversário.

— Talvez haja uma interação medicamentosa adversa. Algo impedindo que o novo remédio funcione como devia? — minha mãe rebate, seus olhos frenéticos.

A dra. Hamid respira fundo e faz que não com a cabeça.

— As bactérias nos pulmões do Will estão profundamente colonizadas. Leva um tempo pra qualquer antibiótico conseguir penetrar no tecido pulmonar. — Ela aponta para meu Cevaflomalin intravenoso diário. — Esse remédio não é diferente.

Minha mãe respira fundo, agarrando a beirada da cama.

— Mas se não funcionar…

De novo, não. Não vou embora de novo. Levanto, interrompendo-a:

— Chega! Acabou, mãe. Tenho dezoito anos agora, lembra? Não vou pra nenhum outro hospital.

Ela se vira para me encarar com os olhos cheios de raiva e, pelo que vejo, parece ter se preparado para esse momento.

— Me desculpa por acabar com a sua alegria tentando te manter vivo, Will. Pior mãe do ano, não é mesmo?

A dra. Hamid recua devagar em direção à porta, sabendo que essa é a deixa para ir embora. Olho para a minha mãe de novo e a fuzilo com o olhar.

— Você sabe que sou uma causa perdida, não sabe? Você só está piorando as coisas. Nenhum tratamento vai me salvar.

— Tudo bem — ela rebate. — Vamos interromper todos os tratamentos. Parar de gastar dinheiro. Parar de *tentar*. E aí o que, Will? — Ela me encara, irritada. — Você deita numa praia paradisíaca e fica esperando a maré te levar? Algo idiota e poético?

Ela coloca as mãos nos quadris e balança a cabeça.

— Desculpa, mas eu não vivo num conto de fadas. Eu vivo no mundo real, onde as pessoas resolvem seus próprios... — Sua voz falha e eu dou um passo à frente, erguendo a sobrancelha, desafiando-a a continuar.

— Problemas. Vá em frente, mãe, continue. Diga.

Problema. É a palavra que sintetiza o que sempre fui para ela.

Ela suspira lentamente, sua expressão suavizando pela primeira em muito tempo.

— Você não é um problema, Will. Você é meu *filho*.

— Então aja como minha mãe! — eu grito, com raiva. — Quando foi a última vez que você fez isso, hein?

— Will... — ela diz, dando um passo para se aproximar de mim. — Estou tentando te ajudar. Estou tentando...

— Você me conhece, por acaso? Já viu algum dos meus desenhos? Sabia que eu gosto de uma menina? Aposto que não. — Balanço a cabeça, minha raiva transbordando para fora de mim. — Como você saberia? A única coisa que você vê é essa merda dessa doença!

Aponto para todos os livros de arte e revistas empilhadas na minha mesa.

— Quem é o meu artista favorito, mãe? Você não tem ideia, tem? Quer um problema pra resolver? Resolva o modo como você me enxerga.

Encaramos um ao outro. Minha mãe engole em seco, se recompondo, pega a bolsa dela de cima da cama e, com a voz suave, mas firme, diz:

— Eu vejo você direitinho, Will.

Ela sai, fechando a porta com cuidado. Claro que ela foi embora. Sento na cama, frustrado, e olho para o lado, onde vejo uma caixa de presente bem embrulhada, com uma fita grande e vermelha ao redor. Quase a jogo no lixo, mas decido abrir para ver o que a minha mãe achou que eu poderia querer neste aniversário. Desfaço o laço, rasgo o papel de embrulho e, ao abrir a caixa, vejo um desenho emoldurado.

Não entendo o que estou vendo. Não porque eu não reconheça o objeto. Eu o reconheço muito bem.

É uma tirinha política dos anos 1940. O exemplar original de uma cópia que tenho pendurada na parede do meu quarto.

Assinada, datada e tudo o mais. É algo tão raro que eu nem sequer sabia que ainda existia.

Merda.

Deito na cama de novo e ponho o travesseiro na cara, a frustração que senti com minha mãe se transferindo para mim.

Fiquei tão ressentido com a forma como ela sempre me tratava que não percebi que eu estava fazendo exatamente a mesma coisa.

Será que sei para onde ela está indo agora? Sei o que *ela* gosta de fazer? Fiquei tanto tempo preocupado em viver minha vida que me esqueci totalmente de que ela também tem uma.

E sou *eu*.

Sem mim, minha mãe não tem ninguém no mundo. Todo esse tempo, achei que ela não via nada além da minha doença. Um problema que precisa de solução. Mas na verdade, ela estava olhando diretamente para mim, tentando me fazer enfrentar essa batalha ao lado dela, quando o que fiz esse tempo todo foi lutar *contra* ela. Tudo o que ela queria era que eu lutasse, mas passei o tempo todo me preparando para abandonar o barco.

Sento na cama, tiro a cópia da tirinha que está pendurada na parede e a substituto pela rara original, emoldurada.

Ela quer a mesma coisa que a Stella. Mais tempo.

Ela quer mais tempo comigo.

Levanto da minha mesa, arrancando o fone de ouvido no processo. Passei as últimas duas horas desenhando, tentando esfriar a cabeça depois da briga com a minha mãe.

Sei que eu deveria dizer alguma coisa, ligar ou mandar uma mensagem para ela. Mas ainda estou um pouco irritado para conseguir fazer isso. Quer dizer, é uma via de mão dupla, e ela definitivamente não tem feito um trabalho perfeito do lado dela também. Se ela tivesse demonstrado que estava me ouvindo, mesmo que só um pouco…

Com um suspiro, pego um potinho de flã de chocolate e os comprimidos da tarde do carrinho de remédios e tomo todos. Pego meu celular, sento na beirada da cama e mexo sem vontade no Instagram, vendo um monte de mensagens de feliz aniversário de antigos colegas de classe.

Nada da Stella ainda. Ela não me mandou nada desde ontem à noite, quando perguntei quando seria o nosso próximo encontro.

Ligo para ela pelo FaceTime, sorrindo quando ela atende.

— Estou livre!

— Como as… — ela diz, seus olhos se arregalando. — Ah, é, feliz aniversário! Não acredito que eu me…

Eu a interrompo, gesticulando com a mão. Não ligo de ela ter esquecido.

— Você está ocupada? Quer dar uma volta? A Barb não está por aqui.

Stella vira a câmera do celular para uma pilha de livros bem na sua frente.

— Não posso agora. Estou estudando.

Meu coração afunda. Sério?

— Ah, tudo bem. Eu só pensei que talvez…

— Pode ser mais tarde? — ela pergunta, voltando a câmera para si.

— Meus amigos vão vir mais tarde — eu digo e dou de ombros, triste. — Tudo bem. A gente dá um jeito. — Meio tímido, olho para ela. — Eu só estou, sabe como é, com saudade de você.

Ela sorri para mim de um jeito carinhoso, sua expressão feliz.

— Isso era tudo que eu queria ver! Esse sorriso — eu digo e passo a mão pelo cabelo. — Tudo bem. Vou te deixar voltar para os seus livros.

Desligo, deito na cama e jogo o celular no travesseiro. Menos de um segundo depois, ele começa a tocar. Eu o pego e atendo sem nem olhar na tela para saber quem é.

— Eu sabia que você mudaria de...

— E aí, Will — diz a voz do outro lado. Jason.

— Jason! Oi — cumprimento, um pouco frustrado por não ser Stella, mas feliz por ouvir a voz dele. Esse lance com ela está acontecendo tão rápido que ainda nem consegui contar tudo para ele.

— Aconteceu um imprevisto... — ele diz, mas sua voz parece estranha. — Desculpa, cara. Não vamos conseguir passar no hospital hoje.

É sério? Primeiro a Stella, agora Jason e Hope? Não é como se eu tivesse muitos aniversários restantes. Mas deixo para lá.

— Ah, sim, tudo bem. Eu entendo. — Jason começa a se desculpar, mas eu o interrompo. — É sério, cara, não tem problema! Nada de mais.

Desligo, suspirando, e sento. Bato o olho no inalador, pego o albuterol e balanço a cabeça, resmungando:

— Parabéns pra mim.

Acordo com um susto de um cochilo da tarde com meu celular avisando que tenho uma mensagem. Sento na cama, olho o celular e deslizo o dedo pela tela para ler a mensagem de Stella.

ESCONDE-ESCONDE. Valendo. Beijos

Confuso e curioso ao mesmo tempo, levanto da cama, enfio o pé no meu Vans branco e abro a porta com tudo. Dou de cara com uma enorme bexiga amarela, amarrada na maçaneta com uma corda. Estreito os olhos, percebendo que há algo dentro do balão.

Um bilhete?

Olho de um lado para o outro para me certificar de que a barra está limpa e piso no balão para estourá-lo. Um menino caminhando com um saco de batatas fritas na mão se assusta com o barulho, as batatas voando para todo o lado. Eu rapidamente pego o post-it de dentro do balão, desenrolando-o para ver uma mensagem escrita com a letra de Stella.

Comece por onde nos conhecemos.

A UTI Neonatal. Saio de fininho pelo corredor, passo pelo menino chateado catando as batatas do chão, e pego o elevador até o quinto andar. Atravesso a ponte até o Edifício 2, me esquivando de enfermeiras, pacientes e médicos e indo em direção às portas duplas da UTI Neonatal. Com a cabeça a mil, olho ao redor, procurando por outra... Ali! Há outro balão amarelo amarrado em um berço vazio. Entro na sala sorrateiramente, me atrapalhando com o nó na hora de desamarrar o balão.

Meu Deus, Stella. Ela é algum tipo de marinheira?

Finalmente consigo desatar o nó e volto para o corredor, olhando para os dois lados antes de... BUM!

Desenrolo o bilhete para ler a próxima dica.

Rosas são vermelhas. Será?

Franzo a testa, encarando a mensagem. "Será"... Ah! Lembro dela na outra noite, com aquela rosa branca atrás de sua orelha. O vaso. Vou direto até o pátio, descendo os degraus da recepção com tudo, e entro na sala envidraçada. Empurro as portas e vejo o balão amarelo flutuando, amarrado firmemente ao vaso.

Aceno para o segurança, que me olha com desconfiança enquanto desamarro o balão do vaso, reunindo forças para recuperar o fôlego e sentindo os pulmões queimando. Sorrio para ele, estouro o balão fazendo barulho e, sem graça, dou de ombros.

— É meu aniversário — explico.

Pego a mensagem de dentro do balão e a leio.

Ah, se eu conseguisse prender o ar por tempo suficiente...

Mal termino de ler o bilhete e já vou em direção ao aquário, os peixes amarelos e laranjas me chamando a atenção enquanto meus olhos varrem todos os cantos procurando por um balão.

Será que entendi errado?

Penso mais um pouco. A piscina.

Corro em direção à academia do Edifício 1, o último post-it colado na mão enquanto faço o caminho. Abro as portas da academia e passo por todos os aparelhos de ginástica desocupados, vendo a porta para a piscina aberta com uma cadeira. Entro na sala e respiro aliviado ao ver um balão amarelo flutuando na água, a poucos metros da borda.

Ao olhar para o lado, vejo o taco de sinuca de sexta-feira.

Uso o taco para puxar o barbante e trazer o balão para fora, mas percebo que há algo o prendendo ao fundo da piscina.

Quando o puxo, dou risada ao ver o mesmo frasco de antisséptico que Stella mostrou em seu último vídeo.

Uso o taco de sinuca para estourar o balão e vasculho os resquícios da bexiga para encontrar a próxima dica.

Exatamente 48 horas depois do nosso primeiro encontro...

Franzindo a testa, viro o post-it para ver se tem mais alguma escrita do outro lado, mas nada. Olho meu relógio: 20h59. Falta exatamente um minuto para completar quarenta e oito horas do nosso primeiro... Meu celular toca.

Deslizo o dedo pela tela e vejo uma foto de Stella, mais linda do que nunca com um chapéu de chef e segurando outro balão amarelo, sorrindo de orelha a orelha. A mensagem diz: *nosso segundo encontro começa!*

Franzo a testa para a foto, dando um zoom na tela para entender onde ela pode estar. Há portas de metal assim em praticamente cada canto desse hospital. Mas espera. Dou zoom no lado direito da imagem e vejo um pedaço da máquina de milk-shake da lanchonete. Ando depressa até o elevador e subo até o quinto andar. Quase corro pelo corredor, indo até o quinto andar e atravessando a passarela para o Edifício 2. Entro em outro elevador e desço de volta para o terceiro andar, onde fica a lanchonete. Tento recuperar o fôlego e ajeito o cabelo pelo reflexo das portas de aço cromado, ainda com o taco de sinuca na mão.

Casualmente viro no corredor e vejo Stella, encostada na porta da lanchonete, abrindo um sorriso de pura alegria ao me ver. Ela está maquiada, seu cabelo longo preso para trás por uma faixa.

Ela está linda.

— Achei que nunca fosse me encontrar.

Seguro o taco de sinuca para ela, que pega a outra ponta e abre a porta da lanchonete, me conduzindo pelo o escuro.

— Está tarde, eu sei, mas a gente teve que esperar a lanchonete fechar.

Ergo as sobrancelhas, olhando ao redor.

— A gente?

Stella me olha, parando na frente de uma porta, sua expressão indecifrável enquanto digita um código no teclado de acesso. As portas se abrem com um clique e, lá dentro, várias vozes gritam:

— Surpresa!

Fico de queixo caído. Hope, Jason e as amigas de Stella, que acabaram de voltar de Cabo, estão sentados em uma mesa coberta com um lençol de hospital, uma vela em cada uma das quatro pontas iluminando cestas com pão fresco e uma salada perfeitamente cortada. Há até copos de remédio com pílulas vermelhas e brancas de Creon em frente a três lugares da mesa.

Estou completamente embasbacado.

Olho da mesa para Stella, sem palavras.

— Feliz aniversário, Will — ela diz, batendo suavemente com o taco na lateral do meu corpo.

— Ele existe mesmo! — comenta Camila (ou seria a Mya?), e eu rio quando Hope vem correndo me dar um abraço.

— A gente se sentiu horrível por mentir pra você — ela diz.

Jason também me abraça e me dá tapinhas nas costas.

— Mas a sua namorada achou a gente no Facebook e convenceu todo mundo a fazer uma surpresa pra você.

Mya e Camila se dão um high-five ao ouvir as palavras de Jason e Stella as fuzila com o olhar antes de olhar de relance para mim. Nos entreolhamos. *Namorada*. A palavra soa incrivelmente bem para mim.

— Isso é com certeza uma surpresa — digo, olhando ao redor, meu peito repleto de gratidão.

Poe aparece com uma máscara no rosto e uma touca de proteção enquanto balança dois pegadores no ar.

— Ei! A comida está quase pronta!

Nos sentamos, tomando cuidado para manter uma distância segura entre os portadores de fibrose cística. Stella e eu ficamos nas pontas da mesa, e Poe se senta no meio, entre Hope e Jason. Mya e Camila sentam do outro lado da mesa, mantendo a distância necessária entre nós. Sorrio, olhando ao redor enquanto comemos a salada e o pão. Sinto meu coração tão cheio que chega a ser ridículo.

Olho para o outro lado da mesa e sorrio para Stella, balbuciando um "obrigado". Ela assente, fica vermelha e abaixa a cabeça.

Namorada.

Poe serve o macarrão com lagosta mais bonito que já vi em toda a minha vida, temperado com manjericão, queijo parmesão fresco e até trufas! Todos olham o prato com admiração.

— De onde veio tudo isso? — pergunto, e meu estômago ronca alto.

— Daqui mesmo — ele responde, apontando em direção à cozinha da lanchonete. — Todo hospital tem uma cozinha VIP onde guardam as comidas especiais para as celebridades e os políticos. — ele explica, dando de ombros. — Você sabe, as pessoas importantes.

Poe pega um copo da mesa e o ergue.

— Hoje, é pra você, aniversariante! ¡*Salud*!

Todos erguem seus copos.

— ¡*Salud*!

Olho para Stella e pisco para ela.

— Que pena que sou alérgico a crustáceos, Poe.

Ele congela enquanto se serve e se vira lentamente na minha direção. Abro um sorriso, balançando a cabeça.

— Brincadeira, brincadeira.

— Quase joguei essa lagosta na sua cara — ele retruca, rindo.

Todos riem, e começamos a comer. É de longe o melhor macarrão que já comi, e eu já fui para a Itália.

— Poe! — o chamo, segurando uma garfada na mão. — Isso está incrível!

— Você vai ser o melhor chef do mundo, um dia — Stella concorda e Poe sorri, soprando um beijo na direção dela.

Logo estamos todos compartilhando histórias. Jason conta sobre quando convencemos a escola inteira a ir para a aula só de roupa íntima no último dia antes das férias do ano retrasado. O que foi particularmente impressionante, considerando que, no nosso colégio, uma simples gravata fora do lugar é motivo para advertência.

Essa é a única coisa de que não sinto falta na escola. O uniforme.

Stella começa a contar sobre todas as vezes em que ela e Poe aprontaram no hospital, de tentar roubar a máquina de milk-shake da lanchonete a organizar corridas de cadeiras de rodas pelos corredores da ala infantil.

Parece que não sou o único aqui que Barb já quis matar.

— Ah, eu tenho uma boa — Poe diz, olhando para Stella. — Lembra daquele Halloween? — Ele nem termina de falar e Stella já está chorando de rir, seus olhos meigos enquanto balança a cabeça. — Quantos anos a gente tinha naquela época, Stella? Uns dez?

Ela confirma com a cabeça, assumindo a história.

— Então, a gente pegou os lençóis e… — Poe começa a fazer um "BUUUUUH!" fantasmagórico, com os braços erguidos balançando de um lado para o outro. — Entramos na ala psiquiátrica.

Só pode ser brincadeira.

Começo a tossir de tanto rir. Empurro minha cadeira para trás, gesticulando para eles continuarem enquanto recupero o fôlego.

— Não! — Jason diz. — Vocês não fizeram isso.

— Ah, cara — Poe fala, enxugando uma lágrima. — Foi uma confusão, mas foi o melhor Halloween da minha vida, com certeza. A gente se ferrou tanto.

— E não foi nem ideia nossa! — acrescenta Stella. — A Abby…

Sua voz vacila e, enquanto passo um pouco do antisséptico nas mãos, vejo-a tentando falar. Ela olha nos meus olhos e eu percebo como é difícil para ela.

— Sinto saudades dela — Camila diz. Mya concorda, fazendo que sim com a cabeça, seus olhos marejados.

— A Abby era aventureira. Livre — Poe diz, balançando a cabeça. — Ela sempre dizia que ia viver do jeito mais livre possível porque a Stella não podia.

— E viveu mesmo — pontua Stella. — Até que isso a matou.

A sala fica completamente em silêncio. Observo-a quando ela encontra o olhar de Poe, ambos tristes, mas sorrindo por compartilharem um momento, lembrando de Abby.

Queria tê-la conhecido.

— Mas ela viveu de um jeito grandioso. Muito mais do que nós — Poe diz, sorrindo. — Ela adoraria uma festa clandestina como essa.

— Sim — Stella concorda, por fim. — Ela adoraria mesmo.

Ergo meu copo:

— À Abby!

— À Abby! — todos repetem, erguendo seus copos. Stella me encara do outro lado da mesa, e a expressão em seus olhos castanhos é de longe o melhor presente de aniversário que eu poderia ganhar.

capítulo 21
STELLA

Me encosto no balcão, sorrindo para Poe enquanto ele tira uma torta recém-assada do forno, completamente no seu elemento. Ele me encara com suas sobrancelhas grossas erguidas.

— Eu queria ver o mestre em ação — digo.

Ele pisca para mim, tirando a luva de forno das mãos, e eu o observo manusear a faca de chef com toda a confiança do mundo, cortando a torta em oito pedaços iguais com um floreio.

Aplaudo quando ele pega um morango fresco e estreita os olhos, cortando-o aqui e ali, completamente concentrado. Ele segura a fruta cortada em suas mãos enluvadas após apenas alguns segundos, sorrindo de orelha a orelha. O morango se transformou em uma roseta linda e cheia de detalhes, que ele usa para decorar a torta.

Fico de queixo caído.

— Poe! Isso é incrível.

Ele dá de ombros.

— Estou treinando para o mês que vem, quando Michael e eu formos visitar minha mãe — ele anuncia, me olhando como se isso não fosse nada demais.

Então, é claro, dou um gritinho de alegria. Finalmente!

— É — Poe concorda, sorrindo —, você tem razão, Stella. Ele me ama. E essas semanas sem ele foram muito piores do que eu poderia imaginar. Eu amo o Michael — ele afirma, radiante. — Ele vai vir almoçar comigo amanhã. Vamos fazer dar certo dessa vez.

Minha vontade é derrubar Poe num abraço, mas lembro de me conter um pouco antes de ultrapassar o limite de espaço entre nós. Olho para o balcão, pego uma luva de forno e a visto, esticando o braço para pegar sua mão.

Meus olhos ficam marejados e eu fungo, balançando a cabeça.

— Poe... Eu estou tão...

Ele arranca a luva de sua mão, batendo na minha cabeça com ela conforme seus olhos se enchem de lágrimas.

— *Dios mio!* Para de ser manteiga derretida, Stella! Você *sabe* que eu não posso deixar uma mulher chorar sozinha.

— Mas é de alegria, Poe — eu digo, e nós dois ficamos ali, fungando. — Estou tão feliz! — Uma gargalhada vem da mesa e Poe enxuga as lágrimas.

— Vamos! Estamos perdendo a diversão!

Ele carrega sua torta com um mar de velinhas cuidadosamente, e todos começamos a cantar. Vejo Will sorrindo à luz das velas, olhando para todos ali.

— *Parabéns pra você, nesta data querida, muitas felicidades, muitos anos de vida!*

— *Muitos* anos de vida — digo as palavras silenciosamente para Will. Elas nunca tiveram tanto significado quanto agora.

— Fiz uma torta em vez de bolo, desculpa — diz Poe, sorrindo para Will. — Sou bom, mas fazer um bolo em uma hora é definitivamente demais pra mim.

— Ficou incrível, Poe. Valeu mesmo — Will agradece, sorrindo para ele e olhando para as velas com cautela. — Se eu soprar, vocês não vão poder comer.

Will olha de mim para Poe, e nós concordamos solenemente.

Hope se inclina e sopra as velas. Ela bagunça o cabelo de Will e sorri para ele.

— Fiz um pedido por você.

Ele sorri e pisca para ela.

— Espero que envolva a Stella só de biquíni saindo de dentro de um bolo de aniversário.

Todos riem e Mya pega o celular e um pau de selfie, esticando o braço para tirar uma foto de grupo. Nos aproximamos na medida do possível, tomando cuidado para manter a distância necessária entre Poe, Will e eu. No segundo em que o flash acende e a câmera dispara... BUM!

A porta de metal atrás de nós se abre com um estrondo e, assustados, olhamos para trás e vemos... *Barb*. Ah, não. Ela nos encara e nós a encaramos de volta, todos chocados demais para dizer algo.

Poe pigarreia e diz:

— Oi, Barb. Achamos que você estava de folga hoje. Aceita um pratinho? A Stella ia começar com o entretenimento agora.

Barb deve estar fazendo hora extra hoje. Tenho certeza de que ela não nos disse nada de propósito. Ela me conhece. E sabia que hoje era aniversário do Will. Merda.

Ela continua nos encarando, sem palavras, a raiva estampada em cada canto de seu rosto. Ela aponta para mim, Poe e Will, e meu coração quase pula pela boca.

— De pé. Agora.

Nós nos levantamos devagar e vamos em direção a ela. Barb balança a cabeça e olha ao redor, sem palavras.

— Me acompanhem.

Ela começa a andar, saindo pelas portas de metal.

Acenamos timidamente na direção de Hope, Jason, Mya e Camila antes de irmos atrás de Barb. Isso não é bom. Já a vi brava e chateada em várias ocasiões. Mas nunca a vi *desse jeito*. É assustador de um modo completamente diferente.

Caminhamos atrás dela no corredor. Olho para Will, preocupada, e ele diz, apenas mexendo os lábios:

— Vai ficar tudo bem. — Mas sua expressão não diz o mesmo.

— Vocês vão ficar confinados nos seus quartos até fazermos culturas respiratórias nos três — ela diz e se vira para encarar Will. — E você. Você vai ser transferido amanhã de manhã.

— Não! — exclamo, e seus olhos se viram para mim. — Não, Barb, não foi culpa del...

Ela ergue a mão, me interrompendo.

— Vocês podem estar dispostos a brincar com a vida de vocês, mas eu não estou.

Um silêncio tenebroso se instaura, e de repente, Poe solta uma risada. Nos viramos para olhá-lo e ele balança a cabeça, calmo. Ele olha para mim e abre um sorriso enorme.

— Igualzinho a quando a gente era criança...

— Vocês não são mais crianças, Poe! — Barb grita, interrompendo-o.

— Nós tomamos cuidado, Barb — ele diz, balançando a cabeça com a voz séria. — Estávamos seguros. Como *você* nos ensinou. — Ele gesticula, apontando para a distância que mantemos um do outro mesmo agora.

Ele tosse. Uma tosse breve e curta, e então acrescenta:

— Desculpa, Barb. Mas foi divertido.

Ela abre a boca para dizer alguma coisa, mas desiste e continua nos conduzindo pelo resto do corredor até o nosso andar. Ninguém diz mais absolutamente nada pelo resto do percurso. Olho para Will. Quero me aproximar dele, mas foi exatamente isso que gerou essa confusão toda.

Cada um vai para seu respectivo quarto. Poe dá uma piscadinha para mim e para Will antes de entrar. Barb me dá um último olhar de decepção antes de fechar a porta.

Conforme o relógio se aproxima da meia-noite, observo Will, dormindo do outro lado da tela do meu notebook, seu rosto calmo, sereno. Esfrego os olhos, cansada depois de um dia longo preparando a festa e sendo pega por Barb. Mesmo assim, Will e eu não desligamos, porque sabemos que, em breve, vão isolá-lo. Acabaram as caminhadas noturnas. Os exercícios na academia. Os bilhetinhos debaixo da porta. Não teremos nada.

Estou quase fechando os olhos quando um alarme soa no alto-falante, me acordando com um susto.

— Código azul. Todos os funcionários disponíveis...

Dou um pulo e corro até a porta para ver se entendi direito. Ah, Deus. Um código azul. O coração de alguém parou de funcionar. E não há tantos pacientes aqui nesse exato momento.

Abro a porta e ouço o aviso de novo, mais alto agora que estou no corredor.

— Código azul. Todos os disponíveis para o quarto 310. Código azul.

Quarto 310.

Poe. Por favor, só me diga que ele esqueceu de ligar o monitor de novo.

Eu me agarro à parede do corredor, o quarto girando enquanto observo uma equipe de enfermeiras passando por mim e empurrando um carrinho com material de emergência. Vejo Julie correndo em direção ao quarto de Poe, seu turno começando agora. Em algum lugar, Barb grita:

— Ele não está respirando! Sem pulsação. Temos que agir rápido.

Isso não pode estar acontecendo.

Começo a correr, tropeçando até o quarto dele. Vejo as pernas dele no chão, o All Star vermelho apontando em duas direções diferentes. Não. Não, não, não.

Barb está cobrindo seu corpo, levando ar para os pulmões dele com uma máscara de oxigênio. Ele não está respirando. Poe não está respirando.

— Vamos, meu amor, não faça isso comigo! — ela grita enquanto outra voz diz alto: — Desfibrilador!

Uma sombra se ajoelha ao lado dele e rasga sua camisa favorita da seleção da Colômbia, que sua mãe mandou de presente de aniversário. As mãos posicionam os eletrodos no peito dele. Finalmente vejo seu rosto; seus olhos estão revirados, sua pele azul.

Meus braços e pernas ficam dormentes.

— Poe! — grito, querendo me aproximar dele, querendo que ele fique bem.

Os olhos de Barb encontram os meus e ela grita:

— Não! Alguém tire ela daqui.

— Hemotórax maciço. O pulmão está entrando em colapso. Precisamos de uma bandeja de intubação — uma voz grita e eu olho para o peito imóvel de Poe, tentando fazê-lo se mover com a minha mente.

Respire. Ele tem que respirar.

Corpos ficam ao meu redor e eu tento me desvencilhar deles. Preciso chegar até ele. Preciso chegar até Poe. Luto contra braços e ombros, tentando afastá-los de mim.

— Fecha essa porta! — Barb ordena, enquanto mãos me puxam para trás e me levam de volta para o corredor. Ouço sua voz mais uma vez, conversando com Poe:

— Lute, meu amor! Lute, droga!

Vejo Julie, seus olhos sombrios.

E então a porta se fecha na minha cara.

Cambaleio para trás, me viro e vejo Will atrás de mim. Seu rosto está tão pálido quanto o de Poe. Ele estica o braço para me tocar, mas cerra o punho, seus olhos se enchendo de frustração. Sinto como se eu fosse vomitar. Me aproximo da parede, deslizando até o chão, e começo a arfar. Will senta encostado na parede do outro lado, a cinco passos de mim. Envolvo minhas pernas com os braços trêmulos, apoiando a cabeça nos joelhos e fechando os olhos com força. Tudo o que vejo é Poe caído no chão.

As meias listradas.

A camisa amarela da seleção colombiana.

Isso não pode ser real.

Ele vai voltar. Ele tem que voltar. Ele vai sentar e fazer uma piada sobre ter comido macarrão demais ou ter fantasiado com o Anderson Cooper a ponto de desmaiar e depois me perguntar se quero tomar um milk-shake com ele tarde da noite. O mesmo que tomamos junto há dez anos.

O mesmo que precisamos tomar juntos pelos próximos dez anos.

Ouço passos, levanto a cabeça e vejo a dra. Hamid andando depressa pelo corredor.

— Dra. Ham… — começo com a voz rouca.

— Agora não, Stella — ela diz com firmeza, empurrando a porta. Quando ela entra, vejo Poe de novo. Seu rosto está virado na minha direção, seus olhos fechados.

Ele ainda não está se mexendo.

Mas o pior de tudo é Barb. Barb está com a cabeça entre as mãos. Ela parou de tentar. Não.

Estão tirando tudo dele. Os fios. Os tubos de intubação.

— Não — me escuto gritar, meu corpo gritando junto. — Não, não, não, não!

Me esforço para conseguir levantar e começo a correr em direção ao meu quarto. Ele se foi.

Poe se foi.

Cambaleio pelo corredor, vendo os olhos dele no dia em que nos conhecemos, seu sorriso na porta do quarto, sua mão segurando a minha através da luva há algumas *horas*. Meus dedos encontram a maçaneta da porta e eu a empurro com o peso do corpo, tudo em volta embaçado enquanto as lágrimas caem pelo meu rosto.

Viro e vejo que Will veio atrás de mim. Dou um passo em direção a ele enquanto soluços sacodem meu corpo inteiro, minhas costelas doendo conforme fica impossível respirar.

— Ele se foi. Will, ele se foi! Michael, os *pais* dele, ah meu Deus. — Eu balanço a cabeça, meus braços apertando a lateral do meu corpo. — Will! Ele ia… Eles nunca mais vão ver o Poe.

A ficha cai.

— Eu nunca mais vou vê-lo.

Cerro os punhos, andando de um lado para o outro.

— Eu nunca nem o abracei. Nunca. Não o toque. Não se aproxime demais. Não, não não — grito, histérica, tossindo, tonta. — Ele era meu melhor amigo e eu nunca o abracei.

E nunca vou abraçar. A sensação é tão terrivelmente familiar que não consigo suportar.

— Estou perdendo todo mundo — minha voz falha.

Abby. Poe. Eles se foram.

— Você não vai me perder — Will diz, sua voz suave, mas determinada. Ele caminha na minha direção, se inclinando, seus braços quase me envolvendo.

— Não! — Eu o empurro, indo para trás, para trás, para trás, ficando a muito mais de cinco passos de distância. Encosto as costas na parede mais distante. — O que você está fazendo?!

Will se dá conta do que fez e recua até a porta, parecendo horrorizado.

—Ah, merda. Stella. Eu não estava pensando, só queria...

— Vai embora — eu grito, mas ele já está no corredor, correndo de volta para o seu quarto. Fecho a porta com tudo, minha cabeça latejando de raiva. De medo. Olho ao redor e só vejo perda por todos os lados, como se as paredes estivessem se fechando contra mim, se aproximando cada vez mais.

Isso não é um quarto.

Corro até a parede e meus dedos envolvem as pontas de um pôster, que rasgo e arranco com fúria.

Arranco a colcha da cama, jogando os travesseiros pelo quarto. Agarro Esparadrapo e o arremesso na porta. Jogo todos os livros, papéis e listas de tarefas no chão, tudo caindo com um estrondo. Vou até a mesa da cabeceira, cega, e pego a primeira coisa que a minha mão sente, jogando-a contra a parede.

A jarra de vidro quebra e uma mar de trufas se espalha pelo chão.

Congelo, observando-as rolar por todos os lados.

As trufas de Poe.

Tudo fica em silêncio, exceto o barulho do meu peito chiando sem parar. Caio de joelhos no chão e os soluços misturados às lágrimas dilaceram todo o meu corpo enquanto tento desesperadamente pegar as trufas, uma a uma. Olho para Esparadrapo, caído no chão, gasto, surrado, sozinho exceto por uma trufa que parou bem ao lado de sua perna rasgada.

Seus olhos castanhos e tristes me encaram e eu estico o braço para pegá-lo. Eu o aperto contra o meu peito, meus olhos indo do desenho de Abby para a foto de nós duas.

Trêmula, levanto e desmorono em posição fetal no colchão descoberto revestido de vinil, as lágrimas escorrendo pelo meu rosto enquanto fico ali, sozinha.

O sono vai e volta, meus próprios soluços me acordando várias vezes e me trazendo para uma realidade dolorosa demais de acreditar. Viro de um lado para o outro, meus sonhos repletos de imagens de Poe e de Abby, o sorriso deles se transformando pouco a pouco em uma expressão de dor à medida em que os dois se dissolvem. Barb e Julie entram no quarto, mas mantenho meus olhos fechados até as duas irem embora.

Pouco tempo depois, abro os olhos e encaro o teto, vendo a luz percorrer todo o quarto aos poucos, tudo ficando letárgico conforme a manhã se transforma em tarde.

Meu celular vibra alto no chão, mas eu o ignoro. Não quero falar com ninguém. Will. Meus pais. Camila e Mya.

Qual é o sentido? Eu vou morrer, eles vão morrer, e esse ciclo de pessoas morrendo e sofrendo vai simplesmente continuar.

Se tem uma coisa que aprendi neste ano, é que o luto pode arruinar uma pessoa. Ele destruiu meus pais. Vai destruir os pais de Poe. Michael.

Eu.

Por anos, encarei a morte sem *grandes problemas*. Sempre soube que aconteceria eventualmente. Era apenas algo inevitável com que sempre convivi, uma certeza de que eu morreria muito antes de Abby e meus pais.

Mas eu nunca, nunca me preparei para sofrer.

Ouço vozes no corredor e reúno forças para levantar, pulando por cima do que sobrou do meu quarto. Pego meu celular e caminho até a porta, o aparelho vibrando o tempo todo na minha mão. Saio pelo corredor e caminho em direção ao quarto de Poe. Vejo alguém entrando lá com uma caixa. Sigo a pessoa, sem saber exatamente por quê. Quando olho para dentro, uma parte de mim espera ver Poe sentado lá, olhando para mim, como se tudo não tivesse passado de um pesadelo terrível.

Posso escutá-lo me chamar. *Stella*. Do jeito que *ele* dizia, com aquele olhar carinhoso e um sorriso brincando em seus lábios.

Mas, em vez disso, o que vejo é um quarto de hospital vazio com um skate encostado na cama. Um dos poucos sinais de que Poe, meu incrível melhor amigo, esteve aqui. Mas também vejo Michael. Ele está sentado na beirada da cama com a cabeça apoiada nas mãos e uma caixa vazia ao seu lado. Ele veio pegar as coisas de Poe. O pôster do Gordon Ramsay. As camisas de *fútbol*. A prateleira de temperos.

Seu corpo se sacode em soluços. Quero dizer algo para confortá-lo. Mas não tenho palavras. Não consigo sair do poço que se abriu dentro de mim.

Então eu fecho os olhos, me afasto do quarto e continuo andando.

Conforme caminho, meus dedos tocam a porta do quarto de Will. A luz está acesa, saindo por baixo da porta, me convidando a bater. A correr para ele.

Mas continuo andando. Meus pés me levam por degraus, corredores e portas, até que, num dado momento, olho para cima e vejo a placa da ala infantil, sentindo um nó na garganta ao olhar para as letras coloridas. Foi aqui que tudo começou. Onde brinquei com Poe e Abby, nós três sem fazer a menor ideia de que tínhamos tão pouco tempo de vida à nossa frente.

E boa parte dessa vida nós passamos aqui neste hospital.

Puxo a gola da minha camiseta, sentindo, pela primeira vez em todos esses anos no St. Grace, as paredes brancas me sufocarem, meu peito apertado.

Preciso de ar.

Correndo pelo corredor, volto para o Edifício 1, esmurrando o botão do elevador até as portas de aço se abrirem. De volta ao andar da fibrose cística. Escancaro a porta do meu quarto e me viro, olhando para o carrinho de remédios obsessivamente organizado. Passei a vida inteira tomando remédios e seguindo listas de tarefas estúpidas, tentando me manter viva o máximo de tempo possível.

Mas para quê?

Parei de viver no dia em que Abby morreu. Então qual o sentido?

220 Rachael Lippincott

Poe afastava quem se aproximava dele para não machucá-los, mas isso não fez a menor diferença. Michael ainda está lá, sentado naquela cama, arrasado, pensando nas semanas que poderiam ter aproveitado juntos. Se eu morrer agora ou daqui a dez anos, meus pais vão ficar arrasados do mesmo jeito. E tudo o que terei feito será ter passado a vida toda triste, determinada a algumas respirações a mais.

Abro o meu guarda-roupa para pegar meu casaco, cachecol e luvas, querendo sair de tudo isso. Jogo o concentrador portátil de oxigênio numa mochila pequena e caminho até a porta.

Espio o corredor e vejo que o posto da enfermagem está vazio.

Seguro as alças da mochila com força, me virando em direção à escada no final do corredor. Caminhando rapidamente, abro a porta antes que alguém me veja e me deparo com o primeiro lance de escadas. Subo os degraus um por um, cada passo me aproximando mais da liberdade e, a cada respiração, desafio o universo. Eu corro, a animação tirando todas as preocupações da minha mente.

Em pouco tempo, chego na porta vermelha da saída. Pego a nota dobrada de um dólar de Will, que continua no bolso do meu casaco depois de todo esse tempo. Com a nota, burlo o sensor que dispara o alarme, abro a porta e uso um tijolo que vi perto da parede como apoio para mantê-la aberta.

Entro no telhado e caminho até a beirada para olhar o mundo lá embaixo. Respiro, sinto o ar cortante penetrando meus pulmões e solto um grito. Grito até a voz sucumbir à tosse. Mas a sensação é boa. Olho para baixo, meus pulmões ardendo, e vejo Will no quarto dele. Ele ajeita a alça de uma mala de viagem no ombro e caminha até a porta.

Ele está indo embora.

Will está indo embora.

Olho para as luzes de Natal à distância, brilhando feito estrelas, me chamando.

Desta vez, eu respondo.

capítulo 22
WILL

Sento na minha cadeira e espero Barb me levar para o isolamento, como mereço. A manhã se transformou em tarde, a tarde em noite, e eu continuo sem notícias dela, a ameaça de ontem enterrada sob o que está por vir.

Meu olhar viaja até o relógio da mesa de cabeceira conforme mais um minuto se passa. Cada movimento dos ponteiros deixa o que aconteceu ontem mais para trás, no passado.

Deixa Poe no passado.

Poe morreu no meu aniversário.

Balanço a cabeça, triste, lembrando de suas risadas no jantar. Ele estava *bem*, e aí, de repente...

Eu me torturo. O choque e o terror no rosto de Stella conforme ela me olhava e a raiva com que ela me afastou me assombram pela milionésima vez hoje.

Por que fiz aquilo? *O que eu estava pensando?*

Eu não estava. Foi esse o problema. Stella pensou em todas as regras e eu simplesmente não consegui segui-las. Qual é o meu problema? É só uma questão de tempo até eu fazer algo realmente idiota. Algo que coloque nossas vidas em risco.

Preciso sair dessa merda de lugar.

Levanto da cadeira com tudo e pego a minha mala de viagem debaixo da cama. Abro as gavetas depressa e enfio as roupas dentro da mala de qualquer jeito, esvaziando tudo o mais rápido possível. Chamo um Uber, guardo meu material de pintura e os cadernos dentro da mochila, os lápis e papéis jogados por cima das coisas mais importantes. Com cuidado, guardo a tirinha emoldurada que minha mãe me deu e a cubro com uma camiseta antes de fechar o zíper da mochila e compartilhar minha localização com o motorista, pedindo para ele me pegar na entrada leste.

Visto o casaco, saio do quarto e ando depressa pelo corredor em direção às portas duplas que levam até a recepção. Coloco o gorro na cabeça, abro a porta com a lateral do corpo e vou direto à saída esperar pelo carro.

Batendo o pé no chão impacientemente, acompanho a localização do carro no aplicativo, estreitando os olhos quando noto um movimento do outro lado da porta. O vidro fica embaçado e, no mesmo instante, vejo uma mão desenhando um coração do outro lado.

Stella.

Consigo vê-la agora, em meio à escuridão.

Nos encaramos, o vidro da porta entre nós. Ela está enrolada num casaco verde e grosso, com um cachecol apertado no pescoço, luvas cobrindo suas pequenas mãos e uma mochila pendurada no ombro.

Estico o braço e pressiono o vidro com a palma da mão, bem no meio do coração que ela desenhou.

Com o indicador, ela gesticula, me chamando para ir lá fora.

Meu coração pula. O que ela está fazendo? Ela tem que voltar para dentro, está congelando. Tenho que trazê-la para cá.

Com cuidado, empurro a porta de vidro e o ar gelado corta meu rosto. Abaixo o gorro, cubro as orelhas e caminho até ela, meus passos fazendo um barulho alto enquanto ando pelo cobertor branco de neve.

— Vamos ver as luzes — ela diz quando paro próximo a ela, o taco de sinuca invisível entre nós. Ela está animada. Quase eufórica.

Olho em direção às luzes de Natal, sabendo quão longe estão.

— Stella, isso deve ser a mais de três quilômetros daqui. Vem, volta pra dentro...

Ela me interrompe.

— Estou indo. — Ela me encara, resoluta e repleta de algo que nunca vi antes, algo selvagem. Comigo ou sozinha, Stella está decidida. Ela vai até lá. — Vem comigo.

Se tem uma pessoa rebelde nesse mundo, sou eu. Mas, uma caminhada como essas, nessas condições, é um convite para a morte. Dois malucos com pulmões que são quase inúteis e uma caminhada de mais de três quilômetros para ver as luzes de Natal?

— Stella... Agora não é hora pra rebeldia. É por causa do Poe? É, né?

Ela se vira e olha fundo nos meus olhos.

— É por causa do Poe. É por causa da Abby. É também sobre eu e você, Will. E por tudo que nunca faremos juntos.

Fico em silêncio, observando-a. As palavras soam como se pudessem ter saído da minha própria boca, mas quando as escuto vindo dela, não é a mesma coisa.

— Se é isso que nos resta, então vamos aproveitar. Não quero sentir medo. Quero ser livre — ela afirma, me olhando com um ar desafiador. — É só a vida, Will. Vai acabar antes que a gente se dê conta.

Caminhamos por uma calçada vazia, e as luzes dos postes fazem nossas pegadas no gelo brilhar. Tento manter dois metros de distância dela enquanto caminhamos a passos lentos, tomando cuidado para não escorregar.

Olho para a estrada e depois para Stella.

— Vamos pegar um Uber, pelo menos? — sugiro, pensando no que já pedi.

Ela revira os olhos.

— Quero caminhar e curtir a noite — ela diz, se inclinando e pegando minha mão.

Recuo, mas ela segura a minha mão com firmeza e entrelaça os dedos nos meus.

— Luvas! Está tudo bem.

— Mas a gente tem que manter seis pass... — começo, mas Stella se afasta, esticando nossos braços e se recusando a me soltar.

— Cinco passos — ela retruca, determinada. — Continuo a roubar um deles.

Eu a observo por um momento, analisando a expressão em seu rosto, e deixo o medo e a ansiedade se dissiparem. Estou finalmente fora de um hospital. E estou indo de fato ver algo de perto, em vez de ficar observando do telhado ou de uma janela.

E Stella está bem ao meu lado. Segurando a minha mão. E embora eu saiba que isso é errado, não consigo entender como pode ser.

Cancelo o Uber.

Caminhamos com dificuldade pela neve, as luzes distantes nos atraindo feito ímãs. Pouco a pouco, a fronteira com o parque fica cada vez mais perto.

— Ainda quero conhecer a Capela Sistina — Stella diz enquanto caminhamos, seus passos firmes apesar do gelo sob nossos pés.

— Seria muito legal — comento, dando de ombros. Não está no topo da minha lista, mas se Stella for, vou também.

— E você? Aonde quer ir? — ela pergunta.

— Pra basicamente todo lugar — respondo, pensando em todos os lugares em que já estive, mas que não tive a oportunidade de conhecer de verdade. — Brasil, Copenhague, Fiji, França. Quero embarcar numa viagem pelo mundo pra todos os lugares que já fui por conta dos tratamentos, mas que não pude explorar por estar confinado num hospital. O Jason diz que, se um dia eu fizer mesmo isso, ele vai comigo.

Ela aperta minha mão, assentindo, compreendendo cada palavra do que digo enquanto os flocos de neve grudam em nossas mãos, braços e jaquetas.

— Você gosta mais de frio ou de calor? — pergunto.

Ela mordisca o lábio, pensando.

— Gosto da neve, mas tirando isso, acho que prefiro o calor. — Ela me olha, curiosa. — E você?

— Gosto do frio. Mas não curto muito ficar andando feito tartaruga no gelo — respondo, ajeitando o gorro na cabeça e sorrindo para ela. Eu abaixo para pegar um pouco de neve do chão e começo a formar uma bola com as duas mãos. — Mas sou um grande fã de bolas de neve.

Stella ergue as mãos, fazendo que não com a cabeça e rindo enquanto se afasta.

— Will. *Não*.

Então ela pega um punhado de neve e, na velocidade da luz, acerta meu peito em cheio. Arregalo os olhos e caio dramaticamente de joelhos.

— Fui atingido!

Ela me acerta com outra bola de neve, atingindo meu braço com a pontaria de um atirador. Corro atrás dela, e nós dois gargalhamos e acertamos um ao outro enquanto continuamos o caminho em direção às luzes.

Rápido demais, começamos a ofegar.

Agarro a mão dela, pedindo uma trégua e, arfando, subimos um morro, olhando para trás quando chegamos ao topo.

Stella solta o ar com força, fumaça saindo de sua boca enquanto olhamos para a neve e para o hospital, agora longe de nós.

— É bem mais bonito daqui.

Confirmo com um olhar, contemplando a neve que cai devagar em seu cabelo e seu rosto.

— Isso estava na sua lista de tarefas? Fugir com o Will?

Ela ri e é um sorriso sincero, feliz, apesar de tudo.

— Não. Mas minha lista mudou.

Stella abre os braços e se joga no chão, uma leve lufada de neve se espalhando pelo ar com o impacto. Encantado, observo-a fazer um anjo de neve, rindo enquanto seus braços e pernas se movem para cima e para baixo, para cima e para baixo. Nenhuma lista de tarefas, nenhum hospital sufocante, nenhum tratamento obsessivo, nada nem ninguém com que se preocupar.

Ela é apenas Stella.

Abro meus braços e deito ao lado dela, a neve se moldando ao meu corpo no chão. Eu rio, fazendo um anjo de neve também, meu corpo congelado pela neve, mas quente pelo momento.

Paramos e olhamos para o céu. As estrelas parecem perto o suficiente para tocá-las. Olho para Stella e estranho quando noto um volume grande dentro de seu casaco, na altura do peito.

Não que eu tenha reparado, mas os peitos dela não são *tão* grandes assim.

— O que tem aí dentro? — pergunto, cutucando o volume.

Ela abre o zíper do casaco e revela um panda de pelúcia todo detonado. Acho graça e olho para ela.

— Não vejo *a hora* de descobrir essa história.

Ela puxa o panda de dentro do casaco e me mostra.

— A Abby me deu de presente na minha primeira internação no hospital. Desde então, sempre o trago comigo.

Consigo vê-la, pequena e com medo, entrando no St. Grace pela primeira vez, agarrando o panda todo surrado. Sorrio e pigarreio.

— Ah, que bom. Não queria ter que dizer que não curto mulheres com três peitos.

Ela me fuzila com o olhar, mas passa logo. Depois, volta a enfiar o panda dentro do casaco e senta para fechar o zíper.

— Vamos lá ver as suas luzes de Natal — digo e começo a levantar. Ela tenta me acompanhar, mas cai de volta no chão. Me ajoelho e vejo que a alça do oxigênio portátil dela ficou presa na raiz de uma árvore. Estico o braço para desvencilhar a alça da raiz e ajudá-la a se levantar. Ela segura minha mão, se desequilibrando um pouco e se afastando de mim com o movimento.

Olho nos olhos dela, o ar que sai de nossas bocas fazendo fumaça e se misturando no espaço curto que há entre nós dois, fazendo o que sei que os nossos corpos não podem fazer. Atrás dela, vejo nossos anjos de neve no chão, separados por exatos cinco passos de distância. Tento recuperar a razão e dou alguns passos para trás antes que a vontade incontrolável de beijá-la fale mais alto.

Continuamos caminhando até finalmente chegarmos no parque e no lago enorme, as luzes um pouco mais à frente. Observo o brilho do luar iluminando a superfície escura congelada, linda. Ao olhar para trás, vejo Stella respirando com dificuldade, se esforçando para recuperar o fôlego.

— Você está bem? — pergunto, dando um passo em direção a ela.

Ela faz que sim, olha por cima do meu ombro e aponta para alguma coisa.

— Vamos tomar um ar.

Viro para trás e vejo uma ponte de pedra, só então entendendo a brincadeira de Stella. Andamos devagar em direção à ponte, caminhando com cuidado ao longo da margem.

Stella para de repente e estica o pé com cuidado para tocar o gelo. Pouco a pouco, ela vai colocando mais peso sobre a superfície, testando a resistência do gelo sob seus pés.

— Stella, não — advirto, imaginando ela caindo e indo parar no fundo da água gelada.

— O gelo está duro feito pedra. Vamos lá — ela rebate, me olhando do mesmo jeito de antes: corajoso, aventureiro, desafiador.

Imprudente também passa pela minha cabeça. Mas eu ignoro o pensamento.

Se é isso que nos resta, então vamos aproveitar.

Então respiro fundo, aceitando seu desafio, e agarro a mão dela conforme deslizamos pelo gelo juntos.

capítulo 23
STELLA

Pela primeira vez depois de muito tempo, não me sinto doente.

Seguro a mão de Will com força conforme deslizamos pela superfície de gelo, rindo enquanto tentamos manter o equilíbrio. Dou um grito quando perco o meu e solto o braço de Will para que ele não caia comigo. Bato com a bunda no chão.

— Tudo bem aí? — ele pergunta, rindo mais.

Faço que sim com a cabeça, feliz. Estou mais que bem. O admiro quando ele sai correndo e se joga de joelhos, deslizando pelo gelo e gritando de alegria. Vê-lo assim diminui a dor de perder Poe e preenche meu coração, mesmo que ele ainda esteja em pedaços.

Sinto o celular vibrando no bolso e o ignoro, como fiz praticamente o dia inteiro. Continuo contemplando Will, de longe, patinando no gelo. Por fim, meu celular para de tocar e eu levanto devagar, mas logo o toque recomeça, mensagens chegando uma após a outra.

A CINCO PASSOS DE VOCÊ   231

Puxo o celular do bolso, irritada. Olho para a tela e vejo um monte de mensagens da minha mãe, do meu pai e de Barb.

Espero ver mais mensagens sobre Poe, mas palavras diferentes aparecem na tela.

PULMÕES. TRÊS HORAS ATÉ CHEGAREM AQUI. ONDE VOCÊ ESTÁ?

Stella. Por favor, responde! OS PULMÕES ESTÃO A CAMINHO.

Congelo, o ar escapando dos meus pulmões de merda. Olho para o lago e observo Will deslizando lentamente de um lado para o outro. Era isso o que eu queria. O que Abby queria. Pulmões novos.

Mas olho para Will de novo, o garoto que eu amo, que tem B. cepacia e nunca vai ter a mesma chance que eu.

Encaro o celular, minha mente girando.

Pulmões novos significam hospital, remédios e recuperação. Significam terapia, uma possível infecção e muita dor. Mas, o mais importante: significam ficar longe de Will, mais do que nunca. Ficar até isolada, para afastar qualquer possibilidade de contrair B. cepacia.

Pulmões novos?

Ou Will?

Olho para ele, que sorri para mim tão espontaneamente que não me restam dúvidas.

Desligo o celular e me lanço de novo no gelo, deslizando e derrapando até me chocar contra ele. Will me segura, mal conseguindo nos manter em pé.

Não preciso de pulmões novos para me sentir viva. Estou me sentindo viva *agora*. Meus pais disseram que queriam me ver feliz. E eu tenho que confiar que sei o que é isso. Eles vão me perder eventualmente, e isso é algo que eu não posso controlar.

Will tinha razão. Vou passar o tempo todo nadando contra a corrente?

Eu me afasto dele e tento girar, abrindo os braços, meu rosto virado para o céu estrelado. Enquanto rodopio, ouço sua voz:

— Meu Deus, eu te amo.

O jeito com que ele diz isso, tão carinhoso e sincero, é uma das coisas mais maravilhosas que já aconteceram na minha vida.

Deixo os braços caírem e paro de rodar, olhando para ele e mal conseguindo respirar. Ele sustenta meu olhar e sinto algo me puxando para ele, uma força inegável da gravidade que me desafia a romper o vazio que há entre nós. A atravessar cada centímetro dos cinco passos que nos separam.

Dessa vez, o faço.

Corro até Will e nossos corpos colidem. Escorregamos e caímos no gelo, gargalhando. Envolvo os braços dele na minha cintura e apoio a cabeça em seu peito enquanto a neve cai devagar ao nosso redor. Meu coração bate tão forte que tenho certeza que ele pode ouvir. Olho para cima e ele se inclina em minha direção. Cada respiração magnética me leva para mais perto dele.

— Você sabe que eu quero — ele sussurra, e eu quase consigo sentir seus lábios encontrando os meus, gelados por causa da neve, mas perfeitos. — Mas não posso.

Desvio o olhar e repouso minha cabeça em seu casaco, observando a neve cair. Não posso. *Não posso.* Engulo o sentimento familiar que invade meu peito.

Will fica em silêncio de novo e eu sinto seu peito subindo e descendo sob minha cabeça, um suspiro escapando de seus lábios.

— Você me assusta, Stella.

Olho para cima, intrigada.

— O quê? Por quê?

Ele olha nos meus olhos, sua voz séria:

— Você me faz querer uma vida que eu não posso ter.

Sei exatamente o que ele quer dizer.

Com uma expressão sombria, ele balança a cabeça.

— Essa é a coisa mais assustadora que eu já senti.

Penso em quando nos conhecemos, nele se equilibrando na beira do telhado.

Will estende a mão enluvada e toca o meu rosto com carinho, o olhar azul sério e profundo.

— Exceto, talvez, por isso.

Ficamos em silêncio, nos olhando sob o luar.

— Isso é nojento de tão romântico — ele diz, me dando um sorriso de canto de boca.

— Eu sei — eu digo — E amo.

E então escutamos um barulho. *Criiiick, crack, crick.* O gelo começa a ranger debaixo de nós. Levantamos em um pulo, rindo, e corremos para a terra firme de mãos dadas.

capítulo 24
WILL

— **Onde você sonha em morar?** — pergunto para Stella enquanto passeamos lentamente de volta para a ponte, sua mão enluvada na minha.

Com a outra mão, tiramos a neve do corrimão da ponte e sentamos nele, balançando as pernas em sincronia.

— Malibu — ela responde, colocando o concentrador de oxigênio ao lado dela enquanto observamos o lago. — Ou Santa Bárbara.

Ela tinha que escolher a Califórnia.

Lanço um olhar para ela.

— Califórnia? Sério? Por que não Colorado?

— Will! — ela exclama, rindo. — Colorado? Aquela altitude, com nossos pulmões?

Sorrio e dou de ombros, imaginando a bela paisagem de lá.

— O que eu posso dizer? As montanhas são lindas.

— Ah, não — ela reclama com um suspiro alto, em tom de sarcasmo. — Eu amo a praia e você ama a montanha. Estamos condenados.

Meu celular toca e enfio a mão no bolso para ver quem é. Stella agarra a minha mão, tentando me impedir.

Dou de ombros.

— Devemos pelo menos avisar que estamos bem.

— Que tipo de rebelde é você? — ela provoca, tentando pegar o celular da minha mão. Dou risada e congelo quando bato o olho na tela e vejo um monte de mensagens da minha mãe.

A essa hora da noite?

Puxo a mão de Stella e vejo que todas as mensagens são iguais:

PULMÕES PARA STELLA. VOLTE PARA O HOSPITAL AGORA.

Pulo para o chão da ponte, empolgado como se tivesse recebido uma descarga elétrica de alegria.

— Ah, meu Deus! Stella, precisamos voltar *agora*! — Agarro a mão dela, tentando puxá-la da beira da ponte. — Pulmões! Eles têm pulmões pra você!

Ela não se mexe. Precisamos voltar o mais rápido possível. Por que ela não está se mexendo? Ela não entende?

Analiso sua expressão conforme ela olha para as luzes, aparentemente não dando a mínima para o que acabei de dizer.

— Eu ainda não vi as luzes.

Que merda é essa?

— Você sabia? — pergunto, o choque me atingindo em cheio. — O que estamos *fazendo* aqui, Stella? Esses pulmões são sua chance de ter uma vida de verdade!

— Um transplante? Cinco anos, Will. É esse o tempo de vida útil deles. — Ela dá uma risada irônica, olhando para mim. — E o que acontece quando esses pulmões começarem a falhar? Eu volto para a estaca zero.

É tudo culpa minha. Duas semanas atrás, Stella nunca seria tão idiota. Mas, agora, graças a mim, ela está prestes a jogar tudo fora.

— Cinco anos é uma vida pra pessoas como nós, Stella! — rebato, tentando convencê-la. — Antes da B. cepacia, eu seria capaz de *matar* pra conseguir um transplante de pulmão. Para com essa idiotice. — Pego o celular e começo a digitar o número. — Estou ligando para o hospital.

— Will — ela grita, se aproximando para me impedir.

Olho horrorizado quando sua cânula nasal se enrosca na grade da ponte, sua cabeça indo para trás conforme ela perde o equilíbrio. Ela tenta agarrar o corrimão escorregadio, mas sua mão desliza e ela despenca.

Tento segurá-la, mas ela cai de costas no gelo, o oxigênio caindo em seguida com um barulho estridente no chão.

— Stella, merda! Você está bem? — grito, prestes a pular para ficar ao lado de seu corpo imóvel.

Mas ela começa a rir. Ela não está machucada. Ah, graças a Deus. Ela não está machucada. Balanço a cabeça, o alívio inundando meu peito.

— Foi só...

Ouço um estalo alto. Vejo-a tentando se levantar, mas não há tempo suficiente.

— Stella! — grito quando o gelo se parte e a puxa para dentro, a água escura a engolindo.

capítulo 25
STELLA

Eu me debato, sentindo a água gelada ao meu redor enquanto tento nadar até a superfície. Meu casaco está pesado e me puxa cada vez mais para o fundo. Abro o zíper freneticamente, começando a sair dele quando vejo Esparadrapo flutuando. Meus pulmões queimam quando olho em direção à luz do buraco aberto no gelo pelo qual caí. Tento me guiar pelo cano fino do concentrador de oxigênio que me mostra a superfície.

Mas aí, olho para Esparadrapo.

Meu corpo afunda mais e mais, o frio roubando o ar dos meus pulmões e bolhas se formando ao meu redor até a superfície.

Vou em direção ao panda e estico o braço, tentando desesperadamente alcançá-lo, meus dedos roçando seu pelo. Tusso e sinto o pouco de oxigênio que me resta deixar meu corpo. Minha cabeça lateja e a água invade meus pulmões.

Minha visão sai de foco e escurece, a água se transformando diante dos meus olhos e tornando-se um céu escuro, com pequenos pontos de luz aparecendo.

Estrelas.

As mesmas do desenho de Abby. Elas nadam em minha direção, me cercando por completo, me circulando. Flutuo entre elas, contemplando seu brilho.

Espera.

Isso não está certo.

Pisco e estou de volta à água, meu corpo se enchendo de energia enquanto nado com todas as minhas forças em direção à superfície. Uma mão me alcança, e meus dedos a seguram desesperadamente conforme sou puxada sem esforço para fora.

Estou deitada, ofegando. Eu me sento e olho ao redor.

Onde está o Will?

Levo as mãos ao cabelo. Está seco. Toco minha camiseta e minha calça. Secas. Apoio a palma da mão na superfície do gelo, esperando a sensação fria. Mas... nada. Tem algo errado.

— Eu sei que você sente minha falta, mas acho que agora exagerou um pouco — diz uma voz atrás de mim. Eu me viro e vejo o cabelo castanho e encaracolado, os olhos cor de avelã iguais aos meus, o sorriso familiar.

Abby.

É a Abby.

Não entendo. Jogo os braços ao redor de seu pescoço e a abraço para ter certeza de que ela é real. Ela está aqui. Ela... espera.

Me afasto e olho ao meu redor, para o lago congelado e a ponte de pedra.

— Abby. Eu estou... morta?

Ela balança a cabeça e estreita os olhos.

— É... Não exatamente.

Não exatamente? Estou muito feliz de ver minha irmã, mas o alívio ao ouvir suas palavras me pega de surpresa. Não quero morrer ainda.

Quero realmente *viver* minha vida.

Nós ouvimos um som de água em algum lugar ao longe. Olho ao redor, procurando pela fonte do barulho, mas não vejo nada. O que foi isso?

Escuto mais atentamente e então consigo ouvir uma voz distante, como um eco.

A voz dele.

É a voz de Will, irregular, forte, misturada à respiração entrecortada.

— Aguenta aí, Stella!

Olho para Abby e sei que ela escutou também. Olhamos para o meu peito quando ele começa a subir e descer devagar, várias vezes.

Como se eu estivesse recebendo uma massagem cardíaca.

— Não… agora. Vamos… não agora. Respira — a voz dele pede, mais clara agora.

— O que está acontecendo? — pergunto para ela e, de repente, a imagem diante de mim começa a mudar lentamente. Will. Sua silhueta se forma aos poucos, perto o suficiente para eu conseguir tocar.

Ele está debruçado sobre um corpo.

O *meu* corpo.

Vejo Will tremendo e tossindo, seu corpo cambaleando conforme ele fica sem força. Cada respiração é uma luta, e eu observo sua batalha para inspirar, tentando desesperadamente encher seus pulmões.

Cada vez que ele consegue, transfere o ar para mim.

— Ele está respirando por você — Abby diz, e meu peito expande mais uma vez.

Com cada inspiração de Will, a imagem à minha frente começa a ficar mais nítida. Noto seu rosto ficando azulado, cada respiração dolorosa.

— Will — sussurro, observando seu esforço para levar o ar para o meu corpo.

— Ele te ama de verdade, Stell — Abby diz, observando. Conforme minha visão entra em foco, ela começa a desaparecer.

Me viro para ela, desesperada, sentindo de novo a dor da perda que me tira o sono. A resposta que nunca tive.

Abby sorri para mim, balançando a cabeça, já ao longe.

— Não doeu. Eu não senti medo.

Respiro fundo e deixo escapar o suspiro de alívio que venho reprimindo há mais de um ano. Meu peito estufa abruptamente e começo a tossir, água jorrando pela boca.

A alguns metros dali, observo meu próprio corpo fazendo exatamente a mesma coisa.

Abby sorri mais ainda para mim e diz:

— Eu preciso que você viva, o.k.? Viva, Stella. Por mim.

Ela começa a desaparecer e eu entro em pânico.

— Não! Não vá — peço, esticando os braços para agarrá-la.

Abby me abraça apertado, me puxando para perto dela, e posso sentir seu perfume floral, delicioso. Minha irmã sussurra no meu ouvido:

— Não vou longe. Estarei sempre aqui. A um centímetro de você. Eu prometo.

capítulo 26
WILL

Minha garganta está pegando fogo.

Meus pulmões morreram.

Mais uma vez. Pela Stella.

— Não… agora. Vamos… não agora. Respira — eu imploro, sentindo o ar gelado cortar meu corpo enquanto seguro o rosto dela com as duas mãos e transfiro todo o ar que consigo para os seus pulmões.

A dor é tanta que quase não consigo aguentar.

Minha vista começa a ficar turva, pontos pretos surgindo nos cantos, até que a única coisa que resta na minha frente é o rosto de Stella cercado por um mar de escuridão.

Não tenho mais nada. Não tenho mais… *Não.*

Endireito o corpo e inspiro o ar mais uma vez, sabendo, no fundo do meu peito, que esta é a última vez que vou respirar.

E transfiro o ar para ela. Transfiro tudo que consigo para ela, a mulher que eu amo. Ela merece.

Sopro todo o ar do meu corpo para dentro dos seus pulmões e desmorono em cima dela, sem fazer ideia se foi suficiente, ouvindo a sirene da ambulância que chamei ao longe. A água pinga do meu cabelo enquanto minha mão encontra a dela, e finalmente deixo a escuridão me engolir por inteiro.

capítulo 27
STELLA

Sinto algo cutucando meu braço.

Abro os olhos e minha cabeça gira. Minha visão volta devagar, vários pontos de luz aparecendo. Mas não são as luzes de Natal que iluminam os troncos das árvores do parque. São as lâmpadas fluorescentes do hospital.

Rostos surgem e as bloqueiam.

Minha mãe.

Meu pai.

Eu me sento, puxando as cobertas para o lado, e vejo Barb. Ela está ao lado da enfermeira do pronto-socorro, que tira sangue de mim.

Tento afastar as mãos dela, tento levantar, mas estou fraca demais.

Will.

Onde está o Will?

— Stella, acalme-se — uma voz me pede. A dra. Hamid se aproxima de mim. — Seus pulmões novos...

Arranco a máscara de oxigênio, procurando por Will. A médica tenta colocar a máscara de volta, mas eu viro o rosto para me desvencilhar dela.

— Não, eu não quero!

Meu pai me abraça, tentando me acalmar.

— Stella, fique calma.

— Por favor, querida — minha mãe pede, segurando a minha mão.

— Onde está o Will? — eu choramingo, mas não o vejo em lugar nenhum. Meus olhos procuram ao redor desesperadamente, mas meu corpo sucumbe e cai de volta na maca.

Tudo que vejo é o corpo dele sobre o meu, transferindo todo o seu ar para mim.

— Stella — uma voz fraca me chama baixinho. — Estou aqui.

Will.

Ele está vivo.

Viro a cabeça na direção da voz e meus olhos encontram os dele.

Não deve haver nem três metros de distância entre nós, mas nunca me senti tão distante de Will. Quero ficar perto dele, tocá-lo. Ter a certeza de que está bem.

— Aceita o transplante — ele sussurra, olhando para mim como se estivéssemos sozinhos.

Não. Não posso. Se eu aceitar esse transplante, vou viver por volta de dez anos a mais que ele. E Will, mais do que nunca, vai ser sinônimo de perigo para mim. Não vão nos deixar morar na mesma cidade, que dirá no mesmo quarto. E se eu pegar B. cepacia depois de receber os pulmões saudáveis que são o sonho de todo portador de fibrose cística? Seria errado. Seria desesperador.

— Você vai receber os pulmões, sim, Stella — afirma a minha mãe, sua mão apertando meu braço com força.

Olho para o meu pai, agarrando sua mão num ato de desespero.

— Sabe quantas coisas ainda vou perder para a fibrose cística? E quantas já perdi? O transplante não vai mudar isso.

Estou cansada. Exausta de lutar contra mim.

Todos ficam em silêncio.

— Não quero perder o Will — digo com sinceridade. — Eu o amo, pai.

Olho do meu pai para a minha mãe, para Barb e a dra. Hamid. Esperando que entendam.

— Aceita o transplante. Por favor — Will pede, fazendo um esforço para descer da cama, seu corpo envolto num cobertor de emergência e a pele da barriga e do peito azulada. Seus braços cedem quando Julie e uma mulher com os olhos iguaizinhos aos dele o puxam de volta para a cama.

— Mas se eu fizer isso, nada muda pra nós, Will. Só vai piorar — digo, sabendo que o transplante não vai me curar da fibrose cística.

— Um passo de cada vez — ele implora, me encarando. — Essa é a sua chance. E isso é o que nós *dois* queremos. Não pense no que você já perdeu. Pense no quanto você vai ganhar. Viva, Stella.

Consigo sentir os braços de Abby me envolvendo às margens do lago, me puxando para perto. Consigo escutar a voz dela no meu ouvido, repetindo as palavras de Will.

Viva, Stella.

Respiro fundo e sinto a velha dificuldade de respirar que tenho todos os dias. Quando estava com Abby, disse a ela que queria viver. Agora tenho de pensar em como vou fazer isso.

— O.k. — digo, assentindo para a dra. Hamid, e a decisão está tomada.

Vejo o alívio nos olhos de Will. Ele estica o braço e apoia a mão no carrinho de remédio entre as nossas camas, e eu faço o mesmo. Há aço entre nós nesse momento, mas não importa.

Will mantém a mão apoiada no carrinho conforme arrastam minha maca. Para novos pulmões. Para um novo começo. Mas longe dele.

Ouço os passos dos meus pais, de Barb e da dra. Hamid atrás de mim, mas olho para Will mais uma vez, seu olhar encontrando o meu. E em seus olhos eu o vejo no dia em que nos conhecemos no corredor, ele passando a mão pelo cabelo. Vejo-o segurando a outra ponta do taco de sinuca enquanto caminhamos pelo hospital, me pedindo para passar seu próximo aniversário com ele. Vejo-o na piscina, o reflexo das ondas da água iluminando seus olhos azuis. Vejo-o sentado de frente para mim, do outro lado da mesa na festa de aniversário que preparamos para ele, chorando de tanto rir.

Vejo o jeito que ele me olhou quando disse que me amava, poucas horas atrás, naquele lago congelado.

Vejo-o querendo me beijar.

E agora ele sorri para mim, o mesmo sorriso de canto de boca do dia em que nos vimos pela primeira vez, com aquele brilho familiar no olhar. Até que não consigo mais vê-lo. Mas ainda escuto a sua voz. Ainda escuto a voz de Abby.

Viva, Stella.

capítulo 28
WILL

Caio de volta na maca, enfraquecido e sentindo o corpo todo doer. Ela vai receber o transplante. *Stella vai ganhar pulmões novos.* Mesmo com a dor, meu coração está feliz. Minha mãe acaricia meu braço enquanto Julie coloca a máscara de oxigênio no meu rosto.

E aí eu me lembro.

Não.

Sento na maca abruptamente, meu peito queimando enquanto grito para o corredor:

— Dra. Hamid!

De longe, ela se vira para mim, franzindo a testa e gesticulando para Barb segui-la enquanto a outra enfermeira arrasta a cama de Stella em direção ao centro cirúrgico. Olho para as duas e abaixo a cabeça.

— Fiz respiração boca a boca nela.

O quarto fica completamente imerso em silêncio enquanto todos processam o que isso significa. Ela provavelmente tem B. cepacia. E a culpa é toda minha.

— Ela não estava respirando — explico, engolindo em seco. — Não tive escolha. Eu sinto muito.

Ergo a cabeça, olhando nos olhos de Barb e depois para a dra. Hamid.

— Você fez bem, Will — a médica diz, assentindo e me tranquilizando. — Você salvou a *vida* dela, entendeu? E, se ela contraiu B. cepacia, vamos tratá-la.

Ela olha para Barb, para Julie e de volta para mim.

— Mas se não usarmos esses pulmões, eles serão desperdiçados. Vamos fazer a cirurgia.

Elas saem e eu deito de novo na maca, devagar. De repente, é como se todo o peso do mundo estivesse me pressionando. A exaustão domina meu corpo. Estremeço, sentindo minha caixa torácica doer de tanto frio. Olho nos olhos da minha mãe enquanto Julie coloca a máscara de oxigênio em mim de novo, e ela acaricia meu cabelo como fazia quando eu era criança.

Fecho os olhos, inspirando e expirando, e deixo o sono vencer a dor e o frio.

Olho para o relógio. Quatro horas. Já faz quatro horas que a levaram para a sala de cirurgia.

Balanço as pernas, nervoso. Sentado na sala de espera, olho ansiosamente pela janela e observo a neve. Tremo sem perceber, lembrando do choque que senti na água gelada há apenas algumas horas. Minha mãe continua tentando me levar de volta para o quarto, me cobrindo com mais e mais cobertores, mas quero ficar aqui. *Preciso* ficar aqui. O mais perto de Stella possível.

Desvio o olhar da janela ao escutar o barulho de passos se aproximando. Quando olho para o lado, vejo a mãe de Stella sentada na cadeira ao lado da minha, segurando uma xícara de café.

— Obrigada — ela diz, enfim, olhando nos meus olhos. — Por salvar a vida dela.

Faço que sim com a cabeça, ajustando a cânula do nariz, o oxigênio sibilando.

— Ela não estava respirando. Qualquer um teria...

— Estou falando dos pulmões — ela diz, desviando o olhar para a janela. — O pai dela e eu, nós não... — A voz dela vacila, mas entendi o que quer dizer. Ela balança a cabeça, olhando para o relógio pendurado em cima das portas do centro cirúrgico. — Só mais algumas horas.

Sorrio para ela.

— Não se preocupa. Ela daqui a pouco vai sair de lá já fazendo um tutorial de 38 passos pra se recuperar de um transplante de pulmão.

Ela ri, e um silêncio confortável paira entre nós, até ela se levantar para comer algo.

Espero sozinho, nervoso, alternando entre enviar mensagens para Jason e Hope e encarar a parede. O rosto de Stella e os momentos que passamos juntos nas últimas semanas se revolvem na minha cabeça.

Quero desenhar tudo isso.

A primeira vez que nos vimos, sua roupa de proteção improvisada, o jantar de aniversário... Cada lembrança é mais preciosa que a outra.

As portas do elevador se abrem, e Barb, como se pudesse ler meus pensamentos, sai carregando um punhado do meu material de desenho.

— Ficar encarando a parede pode ficar entediante depois de um tempo — ela diz, entregando o material para mim.

Dou risada. Ela tem razão.

— Alguma novidade? — pergunto, desesperado para saber como anda a cirurgia. Mas, principalmente, quero saber o resultado da cultura. Preciso saber que não transmiti B. cepacia para ela. Que esses pulmões novos vão trazer o tempo a mais de vida que ela quer.

Barb nega com a cabeça.

— Ainda nada. — Ela olha para as portas do centro cirúrgico e respira fundo. — Assim que eu souber, te aviso.

Abro a primeira página em branco do caderno e começo a desenhar, as lembranças tomando forma diante dos meus olhos. Aos poucos, o meio-dia chega e a porta se abre com os pais de Stella, Camila e Mya logo atrás deles, todos com a mãos cheias de comida da lanchonete.

— Will! — Mya exclama, correndo para me abraçar, tomando cuidado para não derrubar a comida. Ainda sinto o corpo dolorido por causa de ontem à noite, mas tento não demonstrar.

— A gente não sabia o que você ia querer, então trouxemos um sanduíche — Camila diz conforme eles se sentam nas cadeiras vazias ao meu redor. A mãe de Stella tira um sanduíche da bolsa.

Agradeço com um sorriso, meu estômago roncando.

— Obrigado.

Tiro os olhos dos meus desenhos e os observo enquanto eles comem, falando sobre como será a vida de Stella de agora em diante, suas palavras transbordando de amor por ela. Stella é a cola que os mantêm unidos. Seus pais. Camila e Mya. Cada um deles precisa dela.

Desvio o olhar e desenho, preenchendo cada página com uma imagem da nossa história.

As horas passam, Camila e Mya vão embora, Barb e Julie entram e saem, mas eu continuo desenhando, querendo que cada detalhe seja lembrado para sempre. Olho para os pais dela, vejo a mãe dormindo com a cabeça apoiada no peito do pai, os braços dele a envolvendo conforme ele fecha os olhos aos poucos.

Sorrio para mim mesmo. Parece que Stella não é a única que vai ter uma segunda chance hoje.

As portas do centro cirúrgico se abrem e a dra. Hamid aparece com uma pequena comitiva de cirurgiões.

Arregalo os olhos e cutuco os pais de Stella. Ficamos todos de pé e, ansiosos, encaramos os médicos. Ela conseguiu? Stella está bem?

A dra. Hamid tira a máscara cirúrgica do rosto, sorrindo, e nós três respiramos aliviados.

— Tudo parece ótimo — diz um dos cirurgiões.

—Ah, graças a Deus! — exclama a mãe de Stella, dando um abraço apertado no pai dela. Rio com eles, todos nós em êxtase. Stella conseguiu.

Stella tem pulmões novos.

Afundo na cama, absolutamente exausto, porém mais feliz do que nunca. Olhando ao redor, encontro o olhar da minha mãe, sentada numa cadeira próxima à minha cama.

— Você está quente o suficiente? — ela pergunta pela milionésima vez desde que voltou para o hospital. Olho para as duas camadas de calça de moletom e para as três camisetas que vesti só para agradá-la e dou um sorriso.

— Estou quase suando — respondo, puxando a gola do meu capuz.

Ouvimos uma batida na porta e Barb aparece. Ela olha nos meus olhos, mostrando uma folha com os resultados do exame da cultura. Fico paralisado; seu olhar inexpressivo não indica o que ela vai dizer.

Ela hesita, encosta na porta e lê o papel.

— As culturas vão levar alguns dias pra crescer, e há uma chance de que ainda cresça na saliva. Mas por enquanto... — Ela sorri e balança a cabeça. — Stella está limpa. Ela não pegou a bactéria. Não sei como, mas ela está limpa.

Ah, meu Deus.

Por enquanto, ela está livre de B. cepacia.

Por enquanto, é o suficiente.

— E o Will? — minha mãe pergunta atrás de mim. — O Cevaflomalin?

Encontro o olhar de Barb e trocamos um olhar significativo. Ela engole em seco e volta a olhar para os papéis, para o resultado de um exame que já sei a resposta.

— Não está funcionando pra mim, né? — pergunto.

Ela deixa escapar um suspiro profundo e faz que não.

— Não. Não está.

Ah, merda.

Tento não olhar para a minha mãe, mas consigo sentir a angústia em seu rosto. A tristeza. Estendo o braço para segurar sua mão e apertá-la carinhosamente. Pela primeira vez na vida, acho que estou tão frustrado quanto ela.

Com remorso, olho para Barb.

— Desculpa por tudo o que aconteceu.

Ela suspira.

— Não, querido... — Sua voz some e ela dá de ombros, sorrindo para mim com tristeza. — Amor é amor.

Ela sai e eu seguro a mão da minha mãe enquanto ela chora, sabendo que fez tudo o que poderia fazer. Ninguém tem culpa disso.

Depois de um tempo, ela finalmente cai no sono, e eu sento numa cadeira ao lado da janela e observo o sol se pondo no horizonte. As luzes do parque, as mesmas que Stella nunca conseguiu ver de perto, começam a acender à medida que mais uma noite se aproxima.

Acordo no meio da madrugada, inquieto. Calçando meus sapatos, saio sorrateiramente do quarto e vou para o primeiro andar, para a sala de recuperação em que Stella está. Eu a observo através da porta aberta, seu corpo pequeno ligado a aparelhos enormes que fazem o trabalho de respirar por ela.

Ela conseguiu.

Inspiro e deixo o ar preencher os meus pulmões o máximo possível. Sinto um desconforto no peito, mas também sinto alívio.

Alívio de saber que Stella vai acordar daqui a algumas horas e ter pelo menos mais cinco anos de vida maravilhosos, cheios de coisas para fazer das suas listas de tarefas. E, talvez, se ela tiver coragem, quem sabe algumas coisas que não estão lá, como ir olhar luzes de Natal à uma da manhã.

Mas quando solto o ar, sinto outra coisa. Uma necessidade de manter esses anos a salvo.

Cerro a mandíbula e, embora tudo em mim deseje o contrário, sei exatamente o que devo fazer.

Olho ao redor do quarto para o pequeno exército que montei. Barb, Julie, Jason, Hope, Mya, Camila e os pais de Stella.

É basicamente a tripulação mais desalinhada que já vi, todos parados e olhando para as caixas organizadas em cima da minha cama, cada membro responsável por uma tarefa diferente mas igualmente importante. Levanto meu desenho, mostrando o plano complexo em que passei a maior parte da manhã trabalhando, cada detalhe meticulosamente traçado e endereçado a alguém.

Stella ficaria orgulhosa.

Ouço a voz da minha mãe no corredor, alta e firme e comandando tudo conforme ela faz sua parte.

Estremeço, lembrando de quando ela usa esse tom comigo.

— Então — digo, olhando para o grupo. — Temos que fazer isso juntos.

Olho para Hope, que enxuga uma lágrima enquanto Jason a abraça. Olho para Julie, Camila, Mya e para os pais de Stella.

— Todos topam?

Julie assente com entusiasmo e os outros concordam em uníssono. Depois olham para Barb, que fica em silêncio.

— Claro que eu topo! Estou dentro. Estou com certeza dentro — ela diz, sorrindo, e, pela primeira vez, nós parecemos jogar no mesmo time.

— Por quanto tempo mais a Stella vai ficar sedada? — pergunto para ela.

Ela olha para o relógio.

— Por mais algumas horas, provavelmente. — Seus olhos analisam as caixas, a lista de cada uma das nossas tarefas. — Temos *bastante* tempo.

Perfeito.

Começo a distribuir as caixas, incumbindo cada um de sua respectiva responsabilidade.

— Bom, Camila e Mya — digo, entregando às duas uma lista de tarefas e uma caixa de madeira com compartimentos. — Vocês duas vão trabalhar com o Jason e a Hope no…

Minha mãe desliga o celular e coloca a cabeça pela fresta da porta.

— Pronto. Eles concordaram.

Isso! Eu sabia que ela ia conseguir.

— Às vezes você me assusta, sabia?

Ela sorri para mim.

— Anos de prática.

Entrego o restante das caixas e todos vão para o corredor para começarmos os preparativos. Só minha mãe fica, espiando por trás da porta.

— Precisa de alguma coisa?

Faço que não.

— Já volto. Só preciso fazer uma última coisa antes.

A porta fecha e eu vou até a minha escrivaninha para pegar o par de luvas de látex e os lápis coloridos. Estou empacado no mesmo desenho. O desenho de Stella rodopiando no lago congelado momentos antes de eu dizer que a amava.

Continuo preocupado em reproduzir cada um dos detalhes fielmente: a luz da lua iluminando o rosto dela. O cabelo acompanhando o movimento de seu corpo. A alegria em cada um dos seus traços.

Meus olhos enchem de lágrimas enquanto olho para o desenho. As enxugo usando o braço, certo de que, pela primeira vez, estou fazendo a coisa certa.

Fico na porta de Stella mais uma vez, acompanhando o sobe e desce do seu peito enfaixado, seus pulmões novos funcionando perfeitamente. Com o panda, agora seco, enfiado debaixo de seu braço, ela dorme pacificamente.

Eu a amo.

Eu estava sempre procurando por *algo*. Em cada telhado, procurava por algo que me trouxesse um propósito de vida.

E agora o encontrei.

— Ela está acordando — seu pai diz quando Stella começa a se mexer.

Olho para cima e vejo sua mãe atravessando a sala correndo, seus olhos marejando enquanto me olha.

— Obrigada, Will.

Pego a minha bolsa e entrego à mãe de Stella um pacote.

— Você entrega isso quando ela acordar?

Ela concorda, pegando o pacote da minha mão e me lançando um sorriso triste.

Então, olho para Stella mais uma vez. Suas pálpebras começaram a se mexer. Quero ficar. Quero ficar aqui, nesta porta, bem ao lado dela. Mesmo que seja a cinco passos de distância.

Ou seis, que seja.

Mas, exatamente por esse motivo, respiro fundo e, com todas as minhas forças, viro e vou embora.

capítulo 29
STELLA

Abro os olhos.

Olho para o teto e tudo começa a entrar em foco. A dor da cirurgia se espalha pelo meu corpo inteiro.

Will.

Tento olhar ao redor, mas estou fraca demais. Há pessoas aqui, mas não o vejo. Tento falar, mas não consigo por causa do respirador.

Meus olhos pousam no rosto da minha mãe e ela me mostra um pacote.

— Querida? — ela sussurra, me entregando a embalagem. — Isso é pra você.

Um presente? Que estranho.

Tento rasgar o papel, mas meu corpo não responde. Ela se aproxima para me ajudar e revela um caderno preto de desenho, com a frase A CINCO PASSOS DE VOCÊ escrita na capa.

É do Will.

Folheio as páginas, vendo os desenhos que contam a nossa história, as cores pulando das páginas. Eu com meu panda, nós dois segurando as extremidades do taco de sinuca, flutuando debaixo d'água, a mesa cheia na festa de aniversário dele, eu rodopiando no lago congelado.

E, na última página, ele e eu. No desenho, minha mão pequenina segura um balão estourando, centenas de estrelas saindo dele e encontrando Will do outro lado da página.

Ele segura um pergaminho e uma pena, as palavras "Lista Mestra do Will" escritas nele.

E, embaixo, uma única frase:

Número 1: Amar Stella para sempre.

Sorrio e olho para os vários rostos ao meu redor. Mas por que ele não está aqui?

Julie dá um passo em minha direção e coloca um iPad no meu colo. Franzo a testa, confusa.

Ela aperta o play.

— Minha bela, mandona Stella — Will diz, seu rosto aparecendo na tela. Seu cabelo está desarrumado e charmoso como sempre, seu sorrisinho de canto de boca mais evidente do que nunca. — Acho que é verdade o que aquele seu livro diz... a alma não conhece o tempo. Pra mim, essas últimas semanas vão durar pra sempre. — Ele respira fundo, sorrindo com aqueles olhos azuis. — Meu único arrependimento é que você não conseguiu ver suas luzes.

Desvio o olhar da tela, surpresa, quando as luzes do quarto se apagam de repente. Vejo Julie parada ao lado do interruptor.

O jardim do lado de fora do meu quarto fica, de repente, todo aceso, o espaço inteiro cheio de luzes cintilantes de Natal como as do parque, enroladas ao redor dos postes de luz e das árvores. Prendo a respiração ao ver seu reflexo no meu quarto. Barb e Julie destravam a cama e sobem o colchão para eu conseguir ver.

E lá, do outro lado do vidro, parado no pé de uma árvore toda envolta com os pisca-piscas, está Will.

Arregalo os olhos ao perceber o que está acontecendo.

Ele está indo embora. Will está indo embora. Agarro os lençóis da cama com força quando começo a sentir um tipo diferente de dor.

Ele sorri para mim, olhando para baixo e pegando seu celular. Atrás de mim, meu celular começa a tocar. Julie pega o aparelho para mim e o coloca no viva-voz. Abro a boca para começar a falar, para pedir a ele que *fique*, mas nada sai.

Meu respirador sibila.

Tento dizer, de alguma forma através do meu olhar, que não é para ele ir embora. Que preciso dele.

Ele abre um sorriso triste, e vejo as lágrimas em seus olhos azuis.

— Pelo menos uma vez na vida consegui te deixar sem palavras — ele diz pelo celular.

Ele ergue o braço e apoia a mão no vidro da janela. Com dificuldade, levanto a minha e a coloco bem na altura da dele. O vidro é a única coisa que nos mantém separados.

Quero gritar.

Fique.

— Nos filmes, as pessoas sempre dizem: "Se você ama uma pessoa, deixe-a livre". — Ele faz que não e engole em seco, sua voz embargada. — Sempre achei isso uma puta besteira. Mas, quando te vi à beira da morte... — Will hesita e eu cravo os dedos no vidro gelado da janela, querendo quebrá-lo, mas mal tenho força para bater na janela. — Naquele momento, nada mais importava. Nada. Só a sua vida. — Will pressiona a mão contra o vidro também e, com a voz trêmula, continua: — A única coisa que quero é ficar com você. Mas *preciso* que você fique a salvo. A salvo de *mim*.

Ele luta para conseguir continuar falando, as lágrimas caindo incessantemente de seu rosto.

— Não quero ir embora, mas te amo demais pra ficar. — Em meio ao choro, Will solta uma risada, parecendo não acreditar no que ele mesmo acabou de dizer. — Meu Deus, acho que os filmes tinham razão. — Ele apoia a cabeça no vidro, na direção da minha mão. Apesar da barreira, posso senti-lo. Posso sentir Will. — Vou te amar pra sempre — ele diz, erguendo a cabeça.

Ficamos frente a frente, os dois em silêncio e enxergando a mesma dor nos olhos do outro. Meu coração se quebra lentamente sob minha nova cicatriz.

O vidro fica embaçado com a minha respiração, e, mais uma vez, ergo um dedo trêmulo e desenho um coração.

— Você pode fechar os olhos? — ele pergunta, sua voz quebrando. — Não vou conseguir sair daqui se você continuar me olhando. — Mas eu me recuso. Will me olha nos olhos e vê minha expressão determinada. A certeza em seu olhar me surpreende. — Não se preocupa comigo — ele pede, sorrindo em meio às lágrimas. — Se eu parar de respirar amanhã, quero que você saiba que eu faria tudo de novo.

Eu o amo. E ele vai sair da minha vida para sempre para que eu possa viver.

— Por favor, fecha os olhos — ele implora, cerrando a mandíbula. — Me deixa ir.

Hesito por um momento para memorizar seu rosto, cada milímetro dele, até que, finalmente, forço meus olhos a fecharem, os soluços tomando conta do meu corpo e lutando com o respirador.

Ele está indo embora.

Will está indo embora.

Quando eu abrir os olhos, ele vai ter ido *embora*.

Lágrimas escorrem pelo meu rosto à medida que o sinto se distanciando, se afastando para muito além dos cinco passos que tínhamos estipulado. Da distância que sempre existiu entre nós.

Abro os olhos devagar, uma parte de mim esperando que ele ainda esteja do outro lado do vidro. Mas tudo o que vejo são as luzes cintilantes do jardim e um carro desaparecendo pela noite.

Trêmula, estico os dedos e toco a marca dos lábios dele na janela. Seu beijo de despedida.

OITO MESES DEPOIS

capítulo 30
WILL

O alto-falante do aeroporto começa a chiar, e uma voz abafada rompe o barulho das conversas matinais e das rodinhas das malas que se arrastam pelo piso de cerâmica. Preocupado com alguma possível mudança de portão e com a possibilidade de ter de atravessar até o outro lado do aeroporto com dois pulmões que não funcionam, tiro um dos meus fones de ouvido para escutar a voz.

— Atenção, senhores passageiros do voo 616 da Icelandair com destino a Estocolmo...

Coloco o fone de ouvido novamente. Não é o meu. Só vou para a Suécia em dezembro.

Me ajeitando de novo na poltrona, abro o YouTube pela milionésima vez e, como de costume, vou direto para o último vídeo de Stella. Se o YouTube registrasse individualmente a quantidade de visualizações dos vídeos, a polícia com certeza já estaria na minha casa, porque eu pareceria um baita *stalker*. Mas não ligo, porque esse vídeo é sobre nós. E, quando do aperto o play, ela conta a nossa história.

— O toque humano. Nossa primeira forma de comunicação... — Stella diz com a voz alta e clara. Ela respira fundo, seus pulmões novos funcionando perfeitamente.

Essa respiração é minha parte favorita do vídeo. Não há o menor esforço. Não há chiado. É perfeito e natural. Fácil.

— Segurança, conforto... é isso que sentimos no toque suave de um dedo, no roçar dos lábios numa bochecha macia — ela diz e eu levanto os olhos do iPad, observando o aeroporto lotado ao meu redor. As pessoas vêm e vão, cheias de malas pesadas nas mãos e nos ombros, mas, mesmo assim, Stella tem razão. Dos longos abraços no desembarque às mãos reconfortantes nos ombros nas filas da segurança e no abraço de um jovem casal esperando em um dos portões, o toque está por toda a parte.

— Precisamos desse contato de quem amamos, quase tanto quanto precisamos do ar pra respirar. Nunca entendi a importância do toque, do toque dele... Até não poder tê-lo.

Posso vê-la na minha frente. A cinco passos de mim, naquela noite, na piscina, caminhando em direção às luzes de Natal, do outro lado do vidro, aquele desejo incontrolável de eliminar a distância entre nós.

Pauso o vídeo só para observá-la.

Ela parece... muito melhor do que todas as vezes em que a vi pessoalmente. Nada de oxigênio portátil. Nada de olheiras.

Para mim, ela sempre foi linda, mas agora ela é *livre*. Ela está *viva*.

Todos os dias eu desejo não ter ido embora, revivendo aquele instante em que me virei e comecei a andar, minhas pernas parecendo dois blocos de cimento, sendo puxadas como ímãs para perto da janela dela. Acho que esse sentimento, essa dor, vai estar sempre aqui. Mas basta vê-la assim para saber que valeu um milhão de vezes a pena.

Uma notificação do aplicativo dela aparece na minha tela, avisando que está na hora dos remédios do meio da manhã. Sorrio ao ver o comprimido dançante. É como se fosse uma Stella portátil que posso carregar comigo para aonde eu for, sempre de olho em mim, me lembrando de seguir o tratamento. Me lembrando da importância de ter mais tempo.

— Pronto pra ir, cara? — Jason pergunta, me cutucando ao ver que abriram os portões para os passageiros do voo rumo ao Brasil. Abro um grande sorriso, engulo os comprimidos em seco, guardo o frasco de volta na mochila e fecho o zíper.

— Eu nasci pronto.

Finalmente vou *conhecer* os lugares que sempre quis.

Tenho um check-up marcado em cada cidade que eu passar, condição que minha mãe impôs antes de concordar com a viagem. As outras duas foram mais simples. Tenho de mandar o máximo de fotos possíveis e falar com ela no Skype toda segunda-feira de noite, aconteça o que acontecer. Tirando isso, finalmente vou poder levar a vida que eu sempre quis. E, pela primeira vez, isso inclui lutar ao lado dela.

Finalmente entramos num acordo.

Levanto, respirando fundo e ajeitando a alça do oxigênio portátil nos ombros. Mas o ar fica preso na minha garganta assim que o inalo. Porque, apesar de todo o barulho e agitação do aeroporto, apesar do chiado constante dos meus pulmões, escuto meu som favorito no mundo.

A risada dela. É como o tilintar de sinos, e eu tiro o celular do bolso no mesmo instante, certo de que deixei o vídeo rodando sem querer. Mas a tela está escura, e o som não é baixo nem distante.

Está a poucos passos daqui.

Minhas pernas sabem que devo ir, embarcar no voo, continuar andando. Mas meus olhos já estão procurando. Eu preciso saber.

Demoro por volta de seis segundos para encontrá-la e, quando o faço, não me surpreendo ao perceber os olhos dela bem nos meus.

Stella sempre foi a primeira a me achar.

capítulo 31
STELLA

— **O que aconteceu com deixar rolar, Stella?** Com aderir ao "estilo Abby"? — Mya pergunta, me cutucando de brincadeira.

Levanto o olhar do meu roteiro, rindo enquanto dobro cuidadosamente o papel e o guardo no bolso de trás.

— Roma não foi construída em apenas um dia. — Sorrio para ela e Camila, orgulhosa da minha piada estilo Vaticano. — Entenderam? Roma?

Camila ri, revirando os olhos.

— Os pulmões podem ser novos, mas o senso de humor continua o mesmo.

Respiro fundo ao ouvir suas palavras, meus pulmões expandindo e contraindo sem esforço. É tão maravilhoso que ainda não consigo acreditar. Os últimos oito meses têm sido agridoces, para dizer o mínimo. Meus pulmões novos são incríveis, e a dor da cirurgia aos poucos vai dando lugar a uma vida completamente nova. Meus pais estão juntos novamente e estamos todos começando a nos curar. Tal como o transplante, que não é uma solução definitiva, nem tudo pode ser consertado. A perda de Abby e Poe é uma dor que acho que nunca vou conseguir superar completamente. Assim como sei que, não importa o que aconteça, parte de mim nunca vai superar o Will. E tudo bem.

A dor é o lembrete de que eles estiveram aqui, e de que estou viva.

Graças ao Will, tenho muito mais vida para viver. Muito mais *tempo*. Além do amor dele, esse foi o maior presente que eu poderia receber. E, hoje, não consigo acreditar que quase não o aceitei.

Olho ao redor do aeroporto, para o teto alto e as janelas amplas, a empolgação pulsando pelas minhas veias enquanto caminhamos até o portão dezessete para embarcar em nosso voo para Roma. Finalmente uma viagem que vou poder fazer. O destino é o Vaticano e a Capela Sistina, as primeiras de tantas coisas que quero fazer e ver. Abby não está aqui comigo, e com certeza não vou poder riscar esse item da lista de desejos do Will, mas só o fato de ir me faz sentir mais perto deles.

Enquanto caminhamos, percebo que sou eu quem está definindo o ritmo do passo, Camila e Mya logo atrás de mim. Há alguns meses, eu já teria quase desmaiado com essa caminhada, mas agora sinto que posso simplesmente continuar andando.

— Vamos tirar uma selfie! — Mya sugere quando encontramos nosso portão de embarque. Nos juntamos, sorrindo para a câmera, e ela levanta o celular.

Depois do flash, nos separamos, e eu dou uma olhada na tela do meu celular. Vejo uma foto que minha mãe mandou do meu pai tomando café da manhã, os ovos e o bacon no prato formando uma cara triste e, embaixo, a legenda: **"já estamos com saudades, Stell! Mande fotos!".**

Dou risada e cutuco Mya.

— Ei, não esquece de mandar para os meus pais, eles não param de pedir pra ver as fot…

Minha voz vai sumindo ao ver que ela está com a boca aberta, em choque, olhando para Camila.

— O que foi? Eu fiz aquela coisa com a cara de novo? — Camila pergunta, suspirando. — Não sei porque fico com essa cara quando dou risada, eu…

Mya ergue a mão para interrompê-la e seus olhos lentamente se desviam de um grupo grande de pessoas esperando para embarcar no avião, finalmente focando em algo atrás de mim. Camila prende o ar.

Giro o corpo seguindo seu olhar, sentindo um frio na espinha enquanto meus olhos percorrem a fila longa de pessoas.

Meu coração começa a bater mais rápido quando meus olhos param em Jason.

E então eu sei. Sei que ele está aqui antes mesmo de o ver. *Will*.

Eu congelo, imóvel quando ele olha para o lado e nossos olhares se encontram, o azul com o qual venho sonhando por todo esse tempo me deixando em estado de transe. Ele continua doente, com o oxigênio portátil a tiracolo, o rosto magro e cansado. Sinto quase uma dor física ao vê-lo assim, sentindo meus pulmões encherem de ar enquanto os dele mal conseguem funcionar.

Mas Will abre aquele sorriso de canto e é como se o mundo sumisse. É o Will. É realmente ele. Ele está doente, mas está vivo. Nós dois estamos.

Respiro fundo sem a menor dificuldade e caminho até ele, parando a exatamente seis passos de distância. Ele me observa por inteiro com um olhar cheio de carinho. Eu, sem o oxigênio pendurado, sem dificuldade para respirar, sem a cânula no nariz.

Sou praticamente outra Stella.

Exceto por uma coisa.

Sorrio para ele e dou um passo à frente, aquele passo roubado, até ficarmos a cinco passos um do outro.

FIM

NOTA DOS AUTORES

O tratamento experimental com Cevaflomalin do qual Will participa é ficcional. Esperamos que, algum dia, um tratamento assim seja criado.

AGRADECIMENTOS

RACHAEL

Antes de mais nada, este livro é dedicado às milhares de pessoas ao redor do mundo com fibrose cística. Espero, com todo o meu coração, que ele aumente a conscientização sobre a FC e ajude a fazer com que cada um de vocês se sinta ouvido.

Obrigada Mikki Daughtry e Tobias Iaconis por confiar a mim seu lindo roteiro e a história de Will e Stella. Foi uma honra poder trabalhar com vocês.

Sou extremamente grata à Simon & Schuster pela oportunidade, e à minha incrível editora, Alexa Pastor, que é absolutamente incrível no que faz.

Um enorme obrigada à minha agente, Rachel Ekstrom Courage, da Folio Literary Management, por toda a ajuda.

Obrigada também à mentora mais maravilhosa de todas, Siobhan Vivian.

À minha melhor amiga, Lianna Rana, ao Monday Night Trivia Crew de Larry Law, Alyssa Zolkiewicz, Kyle Richter, e Kat Loh, e a Judy Derrick: a quantidade enorme de apoio e amor de vocês foi incrível. Eu não conseguiria fazer isso sem vocês.

Um obrigada especial à minha mãe, que acreditou em mim desde o dia em que eu nasci. Você deu outro significado a ser uma mãe solo, e eu sou eternamente grata pela sua força e coragem e cuidado ao longo dos anos.

E, finalmente, à minha amada, Alyson Derrick. Obrigada, obrigada, obrigada por ser quem você é. Você é a própria luz.

MIKKI E TOBIAS

Essa história é dedicada a Claire Wineland e a todos os portadores de FC que ainda lutam bravamente contra a doença. A coragem e perseverança de Claire diante de sua condição crônica deveria ser uma lição para todos nós. Continue lutando, continue sorrindo, continue calma. Nós convivemos com ela por pouco tempo, mas, ainda assim, sua influência em nossas vidas vai continuar existindo até o fim de nossos dias. Suas contribuições para essa história foram imensas. Suas contribuições para a história da humanidade foram e serão, para sempre, eternas.

Ao Justin Baldoni, que nunca aceita "não" como resposta. Sua dedicação, motivação e compaixão nos inspira de várias formas. Sua visão inabalável para este projeto nos ensinou que com talento, foco e ambição, grandes coisas podem acontecer. Nós o agradecemos do fundo do coração.

A Cathy Schulman, cuja presença constante por meio de ligações nunca foi tão necessária quanto às 3h da manhã. Seu conhecimento, experiência e criatividade elevou cada página, cada cena. Foi uma honra e alegria assistir seu trabalho. E ela nos deixou segurar sua estatueta do Oscar. isso que é emoção.

Ao Terry Press, Mark Ross, Sean Ursani e todo o time da cbs Films. Nos consideramos muito sortudos por termos sido guiados por eles durante todo o processo. Nada disso seria possível sem sua fé nesse projeto. Nós pudemos trabalhar com uma equipe dos sonhos e nos sentimos mais abençoados do que poderíamos imaginar.

E à Rachael Lippincott, cujos esforços herculeos para transformar essa história em livro foram incríveis de se ver e mais incrível ainda de ler. Obrigado, obrigado, obrigado!

Sem os esforços incansáveis de todos os envolvidos, não haveria roteiro. Não haveria filme. Não haveria livro. Por tudo isso, somos eternamente gratos.

CONFIRA NOSSOS LANÇAMENTOS,
DICAS DE LEITURAS E
NOVIDADES NAS NOSSAS REDES:

@globo_alt

@globoalt

www.facebook.com/globoalt

Este livro, composto na fonte Fairfield,
foi impresso em papel Lux Cream 60g/m² na AR Fernandez.
São Paulo, Brasil, julho de 2025.